Bianca

ESPOSA INOCENTE

MELANIE MILBURNE

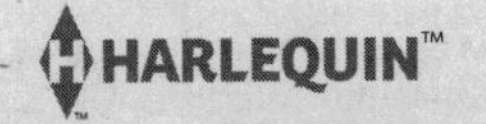

Editado por Harlequin Ibérica.
Una división de HarperCollins Ibérica, S.A.
Núñez de Balboa, 56
28001 Madrid

Esposa inocente, n.º 2517 - 11.1.17
Título original: Innocent Wife, Baby of Shame
Publicada originalmente por Mills & Boon®, Ltd., Londres.
Este título fue publicado originalmente en español en 2008

I.S.B.N.: 978-84-687-9124-1
Depósito legal: M-38428-2016
Impresión en CPI (Barcelona)
Fecha impresion para Argentina: 10.7.17
Distribuidor exclusivo para España: LOGISTA
Distribuidores para México: CODIPLYRSA y Despacho Flores
Distribuidores para Argentina: Interior, DGP, S.A. Alvarado 2118.
Cap. Fed./Buenos Aires y Gran Buenos Aires, VACCARO HNOS.

Capítulo 1

EN EL TRANVÍA, de camino al centro de la ciudad, Keira hizo lo posible por ignorar el murmullo de voces, pero le resultó imposible ignorar el encabezamiento del artículo en la portada del periódico que estaba leyendo el hombre que se hallaba sentado frente a ella:

El multimillonario italiano Patrizio Trelini en medio de una disputa de divorcio con su esposa infiel.

Keira se vio presa de un ataque de culpabilidad mientras el hombre pasaba la página para leer el resto del artículo en la página tres. No necesitaba volver la cabeza para leerlo, sabía lo que estaba escrito allí. Durante los últimos dos meses, su vida privada había aparecido en todos los periódicos y revistas del país.

El hombre bajó el periódico, la miró y achicó los ojos con expresión desdeñosa.

Keira se bajó del tranvía cuatro paradas antes de la suya y recorrió andando el camino a las oficinas de Trelini Luxury Homes, con vistas al fangoso meandro del río Yarra.

Llegó sintiéndose pegajosa e incómoda debido al extraordinariamente cálido día de primeros de octubre, sus oscuros cabellos eran una masa de rizos húmedos alrededor de su rostro. Respiró profundamente antes de cruzar la entrada del edificio y acercarse a la recepcionista, de la que recibió una gélida mirada.

–No quiere verla, señora Trelini –la informó Michelle con brusquedad–. Se me ha prohibido terminantemente que le pase una llamada suya y que le permita el paso. Así que, si no se marcha de aquí inmediatamente, me veré forzada a llamar al guarda de seguridad.

–Por favor... tengo que verle –dijo Keira con desesperación–. Es... urgente.

Los ojos azules de la recepcionista la miraron con incredulidad; pero tras unos momentos de tensión, lanzó un suspiro y agarró el auricular del teléfono interior.

–Su... su esposa está aquí, quiere verle. Dice que es urgente.

Keira tragó saliva cuando la recepcionista colgó el teléfono.

–La verá cuando acabe de hablar por teléfono –le dijo la recepcionista poniéndose en pie–. Yo tengo que marcharme, el señor Trelini vendrá a buscarla cuando esté disponible.

Keira era consciente de que había cometido un acto que había matado el amor de él por ella.

Patrizio nunca la perdonaría.

¿Cómo iba a hacerlo, cuando ni siquiera ella podía perdonarse a sí misma?

Keira se sentó en un sofá de cuero que había en la recepción y observó las revistas que se hallaban encima de la mesa de centro. Se le encogió el corazón al ver que todas mostraban en sus portadas el pecado de ella. Agarró la que más cerca tenía; en la portada, había una foto de ella saliendo del edificio de apartamentos donde Garth Merrick vivía la mañana después de...

–Hola, Keira.

La revista se le cayó de las manos al levantar la mirada y ver a Patrizio delante de ella. Se agachó para recogerla, pero él la pisó.

–Déjala ahí.

Keira se puso en pie. Se sentía completamente fuera de lugar, vulgar en presencia de él. No había tenido tiempo de cambiarse después de su trabajo en el estudio y sintió la oscura mirada de él fija en ella. Debía de estar pensando que iba vestida así a propósito, con el fin de enfadarle.

–Supongo que eso tan urgente de lo que quieres hablar conmigo se refiere a tu hermano y a mi sobrino –dijo él–. Acabo de hablar con el jefe de estudios del colegio, que me ha contado lo que está pasando.

–Sí. No sabía que hubiera llegado tan lejos. Creía que eran buenos amigos, a pesar de... lo que ha pasado.

Patrizio juntó sus oscuras cejas.

–¿Cómo no se te ha ocurrido pensar que tu comportamiento afectaría a mi sobrino y a tu propio hermano? –preguntó él con incredulidad–. Tu aventura amorosa con Garth Merrick me ha puesto en vergüenza, a mí y a mi familia. Yo puedo perdonar muchas cosas, pero no esa.

–Lo sé... y lo siento –respondió ella controlando las lágrimas.

–No te molestes en disculparte –dijo él–. No voy a perdonarte y no te voy a dar ni un céntimo de dinero.

–Yo no quiero...

–Olvídalo, Keira –dijo él, interrumpiéndola–. En estos momentos, tenemos que hablar del asunto de los chicos como dos personas adultas y racionales; aunque, por supuesto, soy consciente de tus limitaciones en ese sentido.

–No puedes evitar humillarme, ¿verdad? –dijo ella–. Tienes que aprovechar todas y cada una de las oportunidades que se te presentan de hacerlo.

–No es momento para hablar de mi comportamiento, Keira, ni siquiera del tuyo –dijo él en tono implacable–. Hay peligro de que expulsen a uno de los chicos, quizá a los dos. Eso es lo que tenemos que discutir, nada más.

Keira se avergonzó de su comentario.

–Está bien –dijo ella bajando la mirada–. Hablemos de ello.

–Ven a mi oficina –dijo Patrizio–. El café se está haciendo.

Ella le siguió por el amplio pasillo, el fragante aroma la conducía como un imán. No había desayunado ni había almorzado y, después de la llamada de su madre para informarle de los problemas de Jamie en el colegio, no había tenido tiempo de comer un tentempié antes de la cena. Estaba algo mareada, pero tenía la impresión de que no era por falta de alimentos. Estar en presencia de Patrizio la hacía sentirse desesperadamente vulnerable.

–¿Sigues tomándolo con leche y tres cucharadas de azúcar? –preguntó él delante de la cafetera.

–¿Tienes sacarina? –preguntó ella.

Patrizio se volvió para mirarla con expresión inquisitiva.

–No estás a dieta, ¿verdad?

–No del todo.

–Mi secretaria tiene sacarina en la sala del personal. Iré a por ella, enseguida vuelvo.

Keira respiró profundamente cuando él salió del despacho, y se sentó en uno de los sillones de cuero delante del escritorio. Al instante, sus ojos se posaron en una fotografía enmarcada que había encima del escritorio; despacio, le dio la vuelta.

Casi le dolió físicamente el amor que él le había profesado el día de su boda. Sus ojos brillaban y su sonrisa era tierna.

–La conservo para no olvidar lo que puede ocurrir cuando uno se casa precipitadamente –dijo él entrando en la estancia.

Keira dio la vuelta a la foto y se encontró con la oscura mirada de Patrizio.

–Suponía que no la tienes aquí por motivos sentimentales –dijo ella–. ¿Vas a quemarla en un ritual o simplemente la vas a tirar a la basura cuando nos den el divorcio?

Patrizio le dio el café, sus dedos rozaron los suyos.

–Me alegro de que hayas sacado la conversación –dijo él con una enigmática mirada.

Keira dejó el café en el escritorio.

–Creía que íbamos a hablar de Jamie y Bruno, no de nuestro divorcio.

Patrizio se sentó detrás de la mesa sin dejar de mirarla ni un segundo.

–He retirado mi petición de divorcio.

–¿Qué? –Keira abrió mucho los ojos.

Patrizio le dedicó una fría sonrisa.

–No te emociones, Keira. No estoy interesado en volver contigo permanentemente.

–No se me ha pasado por la cabeza.

–Sin embargo, creo que deberíamos suspender el proceso de divorcio temporalmente con el fin de que tu hermano y mi sobrino piensen que nos hemos reconciliado.

–¿Reconciliado? –repitió ella con incredulidad–. ¿A qué se debe todo esto, Patrizio?

Patrizio dejó su taza de café en el escritorio y se inclinó hacia delante.

–Como debes de haber oído, mi sobrino, Bruno, le ha estado haciendo la vida imposible a tu hermano. Me avergüenza su comportamiento, que sospecho se debe a una lealtad hacia mí mal entendida; no es una excusa, pero sí una explicación de su forma de actuar.

Keira guardó silencio. Siempre había admirado lo generoso que Patrizio era con los miembros de su familia y, sin embargo, recordó lo duro que había sido con ella.

–He llegado a la conclusión de que la única forma de resolver esa enemistad entre los dos es que nosotros volvamos a estar juntos –declaró él.

–¿Quieres decir… de verdad?

–No, Keira, de verdad no. Fingiremos que volvemos a estar juntos hasta que los chicos completen sus estudios.

–¿Que finjamos estar juntos? –Keira frunció el ceño–. ¿Cómo vamos a hacer eso?

–Volverás a mi casa inmediatamente.

Keira tragó saliva.

–No es posible que hables en serio.

–Sí, hablo en serio, muy en serio, Keira –dijo él–. Los chicos no son tontos. Si saliéramos de vez en cuando con la esperanza de hacerles creer que hemos solucionado nuestras diferencias, se darían cuenta de que algo no anda bien. Vivir juntos, como marido y mujer, es la mejor forma de convencerles de que nuestra reconciliación es auténtica.

–Define lo que quieres decir con vivir juntos como marido y mujer. No esperarás que me acueste contigo, ¿verdad?

–Tendrás que dormir en mi cama debido a la constante presencia del servicio –contestó él–. Si alguien comunicara a la prensa que no dormimos en la misma habitación, se descubriría el engaño. No obstante, no tengo ninguna intención de compartir mi cuerpo contigo. Eso es algo que ya no deseo.

La declaración de Patrizio le hizo mucho daño. Sintió el dolor de su rechazo en cada célula de su cuerpo. Patrizio la había deseado apasionadamente en el pasado. De repente, se le llenó la mente de imágenes eróticas. Él le había enseñado mucho sobre su propia sexualidad, la había adorado… y ella también le había adorado.

Era la primera vez que le veía en dos meses, pero no se le había olvidado lo negros que eran sus ondulados cabellos. Su pronunciada mandíbula estaba ensombrecida por la barba incipiente de aquellas tardías horas del día, enfatizando su virilidad. Sus hombros anchos y liso vientre testificaban la dura actividad física a la que se sometía todas las mañanas, demostrando una autodisciplina de la que ella carecía.

La ropa le caía con perezosa gracia; la corbata floja y el botón superior de la camisa desabrochado le conferían un aire informal que era totalmente cautivador y peligrosamente atractivo.

–Te has quedado muy callada. ¿Esperabas que te pidiera que reanudaras las relaciones sexuales conmigo?

Keira se humedeció los labios.

–No, claro que no. Simplemente estoy pensando en lo que has dicho.

–¿No estás de acuerdo?

–No estoy segura... ¿No sospecharán algo los chicos al ver que volvemos juntos de repente?

–No, teniendo en cuenta la rapidez con la que nos unimos al principio. ¿Lo recuerdas?

Keira lo hizo y se le encendió la piel. Le había conocido en el colegio de los chicos, un día de fiesta dedicado a los deportes, y la atracción fue instantánea. Después del último partido, llevaron a los chicos a comer una pizza y, en vez de llevarla a su casa, Patrizio la llevó a la suya y le preparó un café. El café condujo a los besos y los besos a la consumación de su relación.

–No me has contestado, Keira. ¿Quiere eso decir que no te acuerdas o es que recordarlo hace que te avergüences de, digamos, tu comportamiento menos honorable?

Keira controló la súbita cólera que se apoderó de ella. Le había rogado que la perdonara, había llorado y llorado; sin embargo, Patrizio se había negado a hablar con ella directamente, solo mediante su abogado.

–Como has dicho antes, estamos aquí juntos para hablar de los chicos –le espetó ella–. ¿Podrías centrarte en ese tema?

Patrizio la miró fijamente durante unos interminables segundos.

–Creo que el plan funcionará –dijo él por fin–. Los chicos eran íntimos amigos. Bruno no va a seguir comportándose como lo está haciendo si le dijo que he vuelto a enamorarme de ti. Sospecho que volverán a ser amigos a los pocos días de que anunciemos que volvemos a reanudar nuestra vida matrimonial.

–Pero si volvemos a vivir juntos, el divorcio se retrasará –dijo ella con expresión de preocupación–. Llevamos dos meses separados; si volvemos a estar juntos, tendremos que empezar desde el principio otra vez.

–Lo sé, pero no se puede evitar –dijo Patrizio–. Tenemos que anteponer a los chicos a nuestro divorcio... ¿O es que tienes prisa por casarte con otro?

Keira bajó la mirada.

–No. No hay ningún otro.

–Bien. Eso significa que podemos ponernos en marcha inmediatamente.

Keira volvió a guardar silencio.

–No te preocupes por tus padres –dijo él tras una pausa.

Keira alzó los ojos y frunció el ceño.

–¿Has hablado ya con ellos de esto?

–No. Pero estoy al corriente de que tus relaciones con ellos no son muy buenas en estos momentos.

A Keira le enterneció el tono de voz de él, más suave. Patrizio siempre había comprendido la dificultad de ella para relacionarse con unos padres tan conservadores y, en el pasado, la había protegido de las críticas de ellos. Siempre la había defendido.

–Por supuesto, mientras mantenemos esta farsa, nada de amantes –dijo él.

–No tengo ningún amante –declaró Keira.

–Bien. Yo, en este preciso momento, tampoco.

Keira había visto una fotografía en la prensa de Patrizio con su nueva amante. Gisela Hunter era lo opuesto a ella: alta, rubia platino, de miembros largos y delgados, y sonrisa deslumbrante.

Luchó por controlar un ataque de celos y se recordó a sí misma que solo ella tenía la culpa. Había llegado a la conclusión de que Patrizio le era infiel, a pesar de no tener pruebas, e impulsivamente, como de costumbre, había respondido a sus sospechas cometiendo un acto despreciable. Y, al final, sus sospechas se habían confirmado infundadas.

–Tengo entendido que, en la actualidad, estás trabajando a jornada parcial en un café –dijo él.

–Sí. Con ese dinero pago el alquiler y los materiales para pintar.

–En ese caso, tienes que dejar el trabajo inmediatamente. Te pagaré un salario el tiempo que dure nuestra falsa reconciliación.

–No es necesario…

–No, pero voy a hacerlo.

–Está bien. Si insistes…

Patrizio la miró con oscura intensidad.

–Esto no tiene nada que ver con nosotros, Keira, sino con dos adolescentes que pronto serán adultos y que están poniendo en peligro su futuro con una innecesaria amargura.

Keira se pasó la lengua por los labios.

–Lo comprendo.

–Estupendo. En ese caso, también comprenderás que es urgente que anunciemos nuestra supuesta reconciliación a la prensa.

Patrizio agarró su teléfono móvil y llamó a un número.

Keira escuchó atentamente mientras él informaba a un periodista que, a partir de ese día, Keira y Patrizio Trelini habían suspendido su proceso de divorcio y reanudaban sus relaciones.

Indefinidamente…

Capítulo 2

PATRIZIO colgó el teléfono y la miró. –¿Cuándo podrías mudarte a mi casa? –Mmmm...

–¿Te serviría de algo que enviara a Marietta a hacerte el equipaje?

Ella asintió. Patrizio no estaba haciendo aquello solo por su sobrino, también lo hacía por Jamie. El gesto la enterneció.

–Tendré que darle a Marietta las llaves de tu casa –dijo él pasándole una hoja de papel y un bolígrafo–. Anota lo que creas que vas a necesitar durante las próximas seis semanas y ella y Salvatore lo solucionarán esta misma noche.

Keira agarró el bolígrafo y trató de pensar en lo que iba a necesitar con el fin de representar su papel de esposa reconciliada, pero le resultaba difícil concentrarse debido a la proximidad de él.

–Creo que deberíamos cenar juntos esta noche –dijo Patrizio cuando ella le pasó la lista con las llaves–. Dará credibilidad a nuestro anuncio público.

Keira se miró la ropa, llena de manchas de pintura.

–Tendré que cambiarme…

–Todavía queda algo de tu ropa en mi casa.

Sus ojos se encontraron.

–¿No la has tirado todavía?

Patrizio le dedicó una de sus inescrutables miradas.

–Marietta insistió en guardarla en el armario hasta que nos dieran el divorcio. Creo que esperaba que volvieras.

–¿Le has dicho que jamás permitirás que vuelva? –preguntó ella.

Patrizio tardó en contestar.

–Le dije que lo que había entre los dos se había acabado para siempre –respondió él–. No di detalles, ni a ella ni a nadie; aunque, naturalmente, Marietta se ha enterado de lo nuestro por los medios de comunicación. Los periodistas aún están en ello y más aún debido a que tu padre se presenta como candidato al Senado.

Patrizio le pasó el teléfono.

–Me parece que deberías llamar a tu hermano al colegio. Será mejor que se lo digas tú antes de que lo lea mañana en los periódicos.

Keira se quedó mirando el teléfono que tenía en las manos. ¿Podría mentir a su hermano menor? Aunque había una diferencia de ocho años entre ellos, Jamie y ella siempre habían mantenido una relación muy estrecha.

Keira marcó el número y esperó a que su hermano respondiera a la llamada.

–¿Sí?

–Jamie, soy yo, Keira.

–Ah, hola, Keira. ¿Qué tal van los cuadros que vas a llevar a la exposición?

–Bien –respondió ella esforzándose por darle ánimo a su voz–. ¿Cómo estás?

–Bien, supongo.

–Jamie… tengo que decirte una cosa.

–No vas a casarte con Garth Merrick, ¿verdad? –preguntó Jamie con evidente aprensión en la voz.

–No, no, claro que no. Solo somos… amigos.

–Entonces, ¿qué es lo que me tienes que decir?

Keira respiró profundamente antes de contestar.

–Patrizio y yo hemos decidido volver a estar juntos.

–¿Ya no os vais a divorciar?

–No –respondió ella–. Ya no nos vamos a divorciar.

–¡Vaya, estupendo, Keira! –exclamó Jamie con alegría–. ¿Qué ha pasado?

–Supongo que los dos nos hemos dado cuenta de que íbamos a cometer un grave error. Todavía nos queremos, así que no tiene sentido que nos divorciemos.

–No sabes cuánto me alegro, Keira –dijo Jamie–. ¿Qué piensan mamá y papá? ¿Se lo has dicho ya?

–No, todavía no. Pero voy a llamarles para decírselo.

Se hizo un breve silencio.

–¿Lo sabe ya Bruno Di Venuto? –preguntó Jamie.

Keira miró a Patrizio.

–No, no lo sabe. Pero Patrizio va a llamarle ahora.

–Hace solo unos minutos que le he visto en la sala de estudiantes –dijo Jamie–. Como de costumbre, estaba insoportable.

–¿Lo has pasado muy mal, Jamie? –preguntó ella–. Últimamente no me has hablado de ello.

–No te preocupes, Keira, me las arreglo bien –contestó Jamie–. Bruno está muy disgustado por lo de vuestro divorcio. Él te echa la culpa de todo, pero yo le dije que hiciste lo que hiciste porque creías que Patrizio tenía una amante. ¿Cómo ibas tú a saber que te estaban tendiendo una trampa? Cualquiera podría haber cometido esa equivocación.

–Siento que hayas sufrido por mi culpa –dijo Keira–. Ojalá pudiera haberte evitado los problemas que has tenido por mí.

–No seas tonta –respondió él–. Tú siempre me has defendido cuando mamá y papá se enfadaban conmigo por nada. De todos modos, me alegra que os reconciliéis. Quiero sacar bien los exámenes finales y Bruno no ha dejado de hacerme la vida imposible. ¡Él y sus amigos, claro! Mis notas no han sido muy buenas últimamente, pero, si Bruno deja de darme la lata, espero estudiar y sacar buenas notas.

Keira volvió a mirar a Patrizio.

–Patrizio me ha asegurado que Bruno te va a dejar en paz. Cuídate mucho, Jamie. Te quiero mucho.

–No te pongas sentimental, por favor. En serio, estoy muy contento de que tú y Patrizio volváis a estar juntos. Me cae muy bien, Keira. Es un buen tipo.

Keira le devolvió el teléfono a Patrizio unos segundos después.

–Al parecer, a pesar del comportamiento de tu sobrino, sigues cayéndole bien a mi hermano.

Patrizio le lanzó una mirada indiferente.

–Sí, eso he oído.

Keira prestó atención a la conversación de Patrizio con su sobrino y, aunque hablaron en italiano, entendió lo que dijeron en líneas generales. Patrizio gesticuló con la mano y su expresión mostraba enfado.

Cuando Patrizio colgó el teléfono unos minutos después, tenía el ceño fruncido.

–Ese chico necesita una mano firme. Debería haberlo visto venir. Podría haberlo evitado.

–No te preocupes, Patrizio. Jamie me ha dicho que se las está arreglando bien.

Patrizio se levantó de su asiento y, dándole la espalda, se acercó a la ventana.

–No puedo ser la figura paterna que Bruno necesita. He intentado sustituir a Stefano, pero no lo he hecho muy bien. Nadie puede reemplazar a un padre. Bruno está lleno de resentimiento y se está desahogando con tu hermano.

–Tú has hecho lo que has podido –dijo ella con voz queda–. Ha sido muy duro para todos; sobre todo, para Gina.

Patrizio se volvió a mirarla.

–Bueno, será mejor que nos pongamos en marcha. Cuanto antes pasemos por esto, mejor.

Keira salió con él de la oficina sintiendo un nudo en el estómago. Salir con él aquella noche ya le resultaba un problema, pero vivir en su casa iba a suponerle un esfuerzo sobrehumano.

La casa de Patrizio era una mansión moderna en medio de un terreno ajardinado en las afueras del sur de Yarra. Desde los grandes ventanales se divisaba la mayor parte de la ciudad por un lado, desde el otro extremo se veía la piscina y los jardines.

El vestíbulo era de mármol y de él salía una escalinata que conducía al piso superior donde estaban las habitaciones, cada una con baño privado.

–Mientras tú te cambias de ropa, yo voy a enviar un par de correos electrónicos –dijo Patrizio.

«Esta era mi casa», pensó Keira con tristeza mientras ascendía la escalinata. Todas y cada una de las habitaciones le recordaban momentos con Patrizio. Al llegar a la habitación principal, respiró profundamente y abrió la puerta.

Hizo un esfuerzo por apartar los ojos de la inmensa cama y se dirigió al enorme armario empotrado. Dentro, en un lado, estaban las cosas de Patrizio; en el otro, la ropa que ella se había dejado. El ama de llaves, Marietta, lo tenía todo ordenado.

Keira agarró uno de los vestidos que Patrizio le compró durante la semana que estuvieron en París en los primeros meses de su matrimonio.

De repente, Keira oyó un ruido a sus espaldas y, al volverse, se encontró delante a Marietta, que llevaba un montón de ropa de Patrizio cuidadosamente planchada y doblada.

–Señora Trelini –dijo Marietta sonriendo–, me alegro de volver a verla. No sabe cuánto me alegro de que vuelva con el señor Trelini. El señor ha estado muy triste sin usted.

–Hola, Marietta –dijo Keira apretando el vestido contra su pecho–. Yo también he estado muy triste.

El ama de llaves sonrió ampliamente.

–Sabía que, al final, todo se solucionaría. Usted y el señor Trelini son... almas gemelas.

–Sí –concedió Keira, esperando parecer sincera.

Marietta dejó la ropa que llevaba en los estantes y añadió:

–La dejaré para que se vista. Su marido me ha dicho que van a salir a cenar fuera para celebrar su reconciliación.

–Sí, así es –respondió Keira.

–Le he dejado toallas limpias en el baño –la informó Marietta.

–Gracias, Marietta –Keira se miró la ropa–. Creo que me vendría bien una ducha.

Después de la ducha, Keira se miró al espejo y se mordió los labios. Había ojeras bajo sus ojos azul violeta y tenía el rostro más pálido que de costumbre. Acercándose al espejo, frunció el ceño al ver las pecas en su nariz. Tenía la bolsa con el maquillaje en su piso en St. Kilda, lo único que tenía consigo era una barra de cacao en el bolso.

Se puso el vestido negro y unas sandalias negras de tacón y salió de la habitación.

Patrizio la estaba esperando en el salón, tenía una copa de licor en la mano.

–¿Quieres beber algo antes de marcharnos? –preguntó él.

Keira se preguntó qué diría él si le dijera que ya no tomaba nada de alcohol. Después de lo ocurrido con Garth, ya no se atrevía.

–No, gracias.

Patrizio la miró de arriba abajo.

–Estás muy hermosa, querida –dijo él.

–Gracias...

Patrizio se acercó a ella y le alzó la barbilla mirándola fijamente.

–Marietta y Salvatore están aquí todavía –dijo él en voz baja–. Estamos enamorados otra vez, ¿no?

–No... sí, claro –a Keira le latió el corazón con fuerza cuando él le acarició el labio inferior con la yema de un dedo.

Entonces, Patrizio la besó.

Keira cerró los ojos mientras la boca de él cubría la suya. El estómago le dio un vuelco de placer al abrir los labios para permitir que la lengua de Patrizio la invadiera.

Ese primer ataque erótico la hizo perder la cabeza. Se agarró a él mientras enlazaba la lengua con la de Patrizio en imitación a la más íntima de las uniones.

Sintió la pulsión del deseo en el vientre, sus sentidos a flor de piel... Y sintió la erección de Patrizio contra su cuerpo, un recuerdo de lo que habían compartido en el pasado.

Keira apenas oyó el sonido de la puerta de la casa al cerrarse, pero abrió los ojos bruscamente cuando Patrizio dio por terminado el beso. De repente, se sintió completamente desorientada.

–Marietta y Salvatore ya se han ido –dijo Patrizio apartándose de ella–. Suponía que uno de los dos o los dos entrarían aquí para despedirse. El beso ha sido por ellos, no porque quisiera dártelo.

Keira se pasó la lengua por los labios.

–Ya...

Patrizio le lanzó una de sus inescrutables miradas.

–Tendremos que hacer este tipo de demostraciones de vez en cuando de cara a la galería –declaró él–. Espero que no malinterpretes el motivo de estos intercambios físicos.

Keira tragó saliva como si así pudiera tragarse el dolor que esas palabras le habían causado.

–Lo comprendo.

–Bien. Lo mejor es dejar las cosas claras para que no pueda haber malentendidos.

–Entiendo que me odies –dijo Keira–. Eso, desde luego, lo has dejado muy claro.

Un duro brillo iluminó los ojos de Patrizio.

–¿Acaso no tengo derecho a odiarte, Keira? –preguntó él–. Destruiste nuestro matrimonio cuando te acostaste con otro hombre.

Keira cerró los ojos para no ver la furia en las oscuras profundidades de los de él.

Patrizio le agarró ambos brazos.

–¡Maldita sea, mírame!

Los ojos de Keira se abrieron, en ellos había lágrimas.

–Lo siento –susurró Keira con voz quebrada–. Lo siento…

Patrizio la soltó y lanzó una maldición.

–Supongo que vas a excusarte diciendo que habías bebido demasiado y que no sabías lo que hacías.

–No bebí –dijo ella, incapaz de soportar su mirada acusatoria–. Al menos, no más de medio vaso… Pero es verdad que no recuerdo casi nada de lo que pasó aquella noche… aparte de la discusión que tuvimos y… y de que fui a casa de Garth…

–Donde te abriste de piernas como la perdida que eres –concluyó él con cólera.

Keira no podía soportar su vergüenza. De no haberse encontrado desnuda a la mañana siguiente en la cama de Garth, jamás habría creído posible ser capaz de semejante comportamiento. Y lo peor era que no solo había engañado a su marido sino que también había traicionado a un amigo que, desde su infancia, siempre la había apoyado.

–¿Te hizo gemir de placer, Keira? –preguntó Patrizio–. ¿Te hizo rogarle como me rogabas a mí?

Keira se tapó los oídos con las manos.

–No, por favor, no. No puedo soportarlo.

Patrizio le apartó las manos, sujetándoselas por las muñecas.

–¿Le tomaste en tu boca como hacías conmigo? ¿Lo hiciste?

Keira empalideció y le temblaron las piernas mientras la habitación empezaba a girar a su alrededor. Y poco a poco, su cuerpo se desplomó.

–¿Keira?

Abrió los ojos momentáneamente, pero el inexorable abismo que la absorbió se los cerró de nuevo...

Capítulo 3

KEIRA se despertó en la cama de Patrizio. Estaba tapada y la luz de la lámpara de la mesilla iluminaba suavemente la habitación.

–¿Cómo te encuentras? –preguntó él sentado en un sillón al lado de la cama.

Keira volvió la cabeza y le miró.

–Estoy bien… creo.

–Te has desmayado –dijo él innecesariamente.

–Sí.

–¿Te ha ocurrido alguna vez más?

–Un par de veces –respondió Keira–. Hace un par de semanas me dio gripe y todavía no me he recuperado del todo.

–¿Cuándo ha sido la última vez que has comido?

–No me acuerdo… creo que anoche.

Patrizio lanzó una maldición y se puso en pie.

–¿Cuánto tiempo llevas así? –preguntó él.

–No te preocupes por mí. Al fin y al cabo, me odias, ¿no? ¿Qué puede importarte que coma o no?

–Me preocupa, como le preocuparía a cualquiera, que la persona con la que estoy hablando se desmaye durante la conversación –respondió él–. Como poco, es desconcertante.

–En ese caso, sería mejor que no hablaras con tanta agresividad –le espetó ella.

Patrizio frunció el ceño.

–¿Es así como te comportas cuando tienes una conversación desagradable? Cuando las cosas no van como a ti te gusta, te desmayas, ¿eh?

Keira se sentó en la cama y le miró con cólera.

–¡No lo he hecho a propósito! Ya te he dicho que he estado enferma. Llevo un mes que no me siento bien.

Se hizo un tenso silencio.

–¿Estás embarazada? –preguntó Patrizio.

Keira le miró horrorizada.

–¿Qué clase de pregunta es esa? Naturalmente que no estoy embarazada.

–Me ha parecido una pregunta razonable. Eres una mujer joven y sexualmente activa.

–Yo no soy sexualmente activa. No he tenido relaciones sexuales desde… –Keira se interrumpió y se mordió los labios–. Desde aquella noche.

La expresión de Patrizio mostró incredulidad.

–Keira, eres una persona que exuda sexualidad y se te nota.

Keira se humedeció los labios con la lengua mientras la oscura mirada de Patrizio le recorría el cuerpo. Se le endurecieron los pechos y se le contrajo el estómago.

–Sí, Keira, eres muy sensual –continuó él–. Hay pocos hombres que puedan resistirse a lo que tú les puedes ofrecer.

–Yo no ofrezco nada.

Patrizio sonrió irónicamente.

–Te apuesto lo que quieras a que si me acostara en esa cama, te tendría debajo y dando gritos de placer en cuestión de minutos. No puedes evitarlo. Has nacido para el placer, querida. Estoy endureciendo solo de pensarlo.

Keira no pudo evitar dirigir la mirada a la pelvis de Patrizio. Un temblor de deseo le sacudió el cuerpo.

Patrizio se acercó y se sentó en el borde de la cama, a su lado, y, agarrándole una mano, se la colocó encima de su miembro.

–¿Te das cuenta de lo que me haces, Keira?

Sí, se daba cuenta y le aterrorizaba. Deseaba tocarle y la barrera de su ropa era un tormento. Quería saborearle y sentir el éxtasis de Patrizio.

–Pero… me odias –dijo ella al tiempo que trataba de apartar la mano, sin éxito.

–Sí, pero eso no me impide desearte. De hecho, creo que me hace desearte aún más si cabe.

–Esto es una barbaridad –declaró Keira, tirando una vez más de su mano–. Además, creía que habías dicho que no querías tener relaciones sexuales conmigo. Me has dicho que ya no te atraigo.

Patrizio se llevó la mano de ella a la boca y le lamió los dedos, uno a uno, mientras continuaba mirándola fijamente a los ojos.

–Digamos que estoy considerando los pros y los contras –dijo Patrizio.

–Lo que tienes que considerar es mi consentimiento.

Patrizio esbozó una sonrisa burlona.

–Ya me has dado tu consentimiento. Todavía estamos legalmente casados.

–Oficialmente, estamos separados.

–Ya no.

–Esto no es una verdadera reconciliación –dijo ella asustada–. Eso es lo que me has dicho.

–Legalmente, sí. Hemos vuelto a cohabitar como marido y mujer.

–Yo no quiero ser tu mujer de ninguna de las maneras –declaró Keira enérgicamente–. No quiero vivir con un hombre que me odia tanto como tú me odias. Es lo peor que me podría pasar.

–No entiendo por qué estás tan enfadada. Al fin y al cabo, fuiste tú quien destruyó nuestro matrimonio.

–¡Yo no lo hice sola! –gritó ella.

–No, desde luego que no –dijo Patrizio fríamente, aunque su oscura mirada estaba cargada de cólera–. Lo hiciste con Garth Merrick.

–No me refería a eso –Keira lanzó un suspiro de frustración–. Lo que he querido decir es que jamás se me habría ocurrido ir a casa de Garth si no hubiera creído que tenías una amante.

–Ah, sí, claro, mis supuestas relaciones extramatrimoniales –dijo Patrizio con otra sonrisa burlona.

Keira se sintió a punto de echarse a llorar. No soportaba que le recordaran lo estúpida que había sido. En su momento, se había encontrado consumida por los celos, aunque el orgullo le impedía reconocerlo. Por eso permitió que una mujer vengativa la envenenara sistemáticamente y la pusiera en contra del hombre al que amaba con todo su corazón.

Por aquel entonces solo llevaban doce meses casados y estaban pasando un momento particularmente difícil, aunque ahora se había dado cuenta de que era normal: dos personas con fuertes personalidades viviendo juntas era de suponer que discutieran; sobre todo, cuando él estaba muy ocupado con el trabajo y ella con sus estudios. Además, ella era propensa a los estallidos de genio que, unido a su profunda inseguridad, presentaban un fértil campo para sembrar las semillas de las sospechas.

Rita Favore había alimentado esas sospechas con mensajes sugerentes en el contestador automático y también con fotografías que, a posteriori, resultaron ser montajes digitales con el fin de dar la impresión de ser más íntimos de lo que realmente eran. Keira se había encontrado tan desolada al ver a su marido en un abrazo tan comprometedor que no se había parado a pensar en la posibilidad de otra explicación.

Patrizio se había ido a Sydney en viaje de negocios y estaba allí cuando ella le llamó para acusarle de infidelidad. Él lo había negado con vehemencia, pero ella no le había creído. Le colgó el teléfono, desconectó el aparato y también su teléfono móvil durante unas horas.

Cuando Patrizio regresó aquella tarde fatídica a su casa, ella ya había hecho las maletas y estaba esperándole en el salón.

–No es posible que hables en serio, querida –le había respondido él después de que ella le dijera que se marchaba–. Casi no conozco a esa mujer. Trabaja para mí, sí, pero solo como ayudante a tiempo parcial.

Keira le había lanzado una fría mirada azul.

–¿Ayudante de qué? –ella le dio las fotos–. ¿Ayudante en lo referente a tu vida sexual?

Después de ojear las fotos, Patrizio las había tirado encima de una mesa y luego se la quedó mirando con expresión incrédula.

–Keira, esto es ridículo. Evidentemente, alguien está intentando desacreditarme, pero te aseguro que no me he acostado con esa mujer.

–Te dejó varios mensajes. ¿No quieres oírlos?

Patrizio pasó por su lado para acercarse al teléfono y oír los mensajes. Frunció el ceño mientras los escuchaba.

Keira se puso las manos en las caderas.

–¿Y bien? ¿Vas a seguir negándolo?

Patrizio colgó el teléfono con innecesaria fuerza y los ojos negros de ira.

–¿Cómo puedes creerme capaz de irme con una mujer así? –le había preguntado él–. Es evidente que lo único que quiere es crear problemas. Jamás la he tocado. Jamás se me ocurriría hacerlo.

–No te creo.

Los ojos de él se clavaron en las maletas.

–Evidentemente, no.

–Quiero el divorcio –le dijo ella alzando la barbilla con gesto desafiante–. No quiero seguir casada contigo.

–¿En serio?

–Sí, en serio. Nunca debería haberme casado contigo.

–¿Por qué? –le preguntó Patrizio acercándosele.

Keira retrocedió unos pasos hasta toparse con la puerta. Al sentirse acorralada, dijo lo primero que se le ocurrió:

–Porque estoy enamorada de otro.

–¿Qué has dicho? –preguntó él con incredulidad.

–Ya me has oído. Estoy enamorada de otro.

–¿De quién? ¿O quieres que lo adivine?

–No tengo por qué darte explicaciones.

Patrizio apretó los labios, su expresión era de furia contenida.

–¿Cuánto tiempo llevas enamorada de él?

Keira decidió continuar con su mentira.

–Llevo enamorada de él toda la vida. Ahora mismo voy a irme con él.

De repente, Patrizio tiró de ella hasta estrecharla contra su cuerpo y entonces la besó con fuerza. La pura intensidad animal de él la tomó por sorpresa y, en vez de apartarse, se entregó a aquel arranque de pasión. Le quería, le necesitaba.

Patrizio la hizo darse la vuelta. Ella plantó las palmas de las manos en la puerta y pronto se vio con la falda subida hasta la cintura y las diminutas bragas de encaje bajadas mientras Patrizio, dentro de ella, la tenía gimiendo de placer en cuestión de segundos.

Keira aún estaba tratando de recobrar la respiración cuando él se apartó de ella. Despacio, Keira se volvió, maldiciéndose a sí misma por su debilidad.

–Ha sido un recuerdo de despedida –le dijo Patrizio mientras se subía la cremallera de los pantalones.

Y tras una mirada de desprecio, Patrizio se alejó.

Capítulo 4

KEIRA volvió al presente cuando Patrizio se levantó de la cama. Le vio pasearse por la habitación y revolverse los cabellos, dejándoselos desordenados y atractivo en extremo.

–Mi supuesta aventura amorosa –dijo él en tono despectivo–. Creía que tenías más sentido común y no te dejarías engañar por alguien manipulando unas fotos con Photoshop que, hoy en día, hasta un niño podría hacer.

Keira se avergonzó de sí misma. Había sido una tonta; cegada por los celos, no se había parado a pensar racionalmente.

–Lo siento –dijo ella mordiéndose los labios–. No me habría dejado engañar si, además de las fotos, no hubiera habido mensajes. Ella estuvo llamando todo el tiempo que estuviste fuera. No pude evitar pensar lo peor…

Patrizio la miró con furia.

–¿Cómo pudiste hacerlo, Keira? Te quería tanto… Habría dado la vida por ti.

Los ojos de Keira se llenaron de lágrimas. Se sentía más culpable que nunca.

–Pasabas mucho tiempo fuera –dijo ella en un intento por justificarse a sí misma–. No pude evitar las sospechas.

–Albergabas sospechas porque estabas buscando una excusa para dejarme. Estabas enamorada de Merrick.

–¡No! –Keira se levantó con piernas temblorosas–. Mentí cuando te dije eso. Yo no le quería... en ese sentido al menos.

–Pero te acostaste con él.

Keira apartó la mirada.

–Sí...

–Podríamos haberlo aclarado todo –dijo Patrizio con voz enronquecida por la emoción–. Podríamos haberlo aclarado en veinticuatro horas.

Keira se tragó un sollozo y asintió.

–Lo sé.

–No puedo perdonarte lo que hiciste, Keira. Lo he intentado, pero no puedo.

–Lo comprendo... –Keira, avergonzada, bajó la cabeza.

–Estabas empeñada en vengarte de mí por una aventura amorosa que jamás tuve. No te paraste a pensar en las consecuencias y te lanzaste a una venganza que me destrozó el corazón.

–Solo lo hice una vez –dijo ella en defensa de sí misma–. Por si te sirve de algo, la verdad es que no recuerdo casi nada de aquella noche.

–¿Y crees que eso me vale a mí de algo? –preguntó Patrizio furioso–. Por el amor de Dios, Keira, le entregaste tu cuerpo a otro hombre. ¿En serio esperas que perdone y olvide? No puedo. Cada vez que te miro no puedo evitar imaginar las manos de ese asqueroso por tu cuerpo, dentro de ti...

–No es un asqueroso –dijo Keira con una chispa de reto en la mirada.

Se hizo un tenso silencio. Keira cerró los ojos. No podía soportar aquella tensión por más tiempo.

–Te amaba, Keira. Tú mataste ese amor.

–Lo sé y no te culpo. Lo que hice fue imperdonable. Ni siquiera puedo perdonarme a mí misma.

Patrizio se acercó a la ventana y miró, sin ver nada, a través del cristal. Había esperado una actitud retadora, no desesperación, por parte de Keira. Se la veía pálida y vulnerable, como si su mundo se hubiera derrumbado. Eso despertaba en él todos sus instintos protectores, instintos que había sentido desde el primer encuentro con ella. Había encontrado irresistible la mezcla de niña traviesa y mujer sensual. En contra de su naturaleza cautelosa, se había casado con Keira a las pocas semanas de conocerla. Pero no importaba que aún se desearan, jamás podría olvidar que ella se hubiera entregado a otro hombre.

No podía olvidar el momento en que la vio desnuda en la cama de Garth Merrick. A la mañana siguiente a su acalorada discusión, tras tranquilizarse y reconocer que era natural que Keira estuviera disgustada, había sentido la necesidad de ir a buscarla y disculparse por no haberse mostrado más comprensivo con ella; sin embargo, en vez de encontrarla refugiada en casa de su amigo, la había encontrado en el último lugar en el que esperaba verla, en su cama.

Aún le provocaba náuseas recordar el triunfal orgullo de Merrick cuando le abrió la puerta de su casa...

–¿Dónde está mi esposa? –le había preguntado él.

–Está en la cama –le respondió Garth con una mirada belicosa–. No quiere verte, Trelini.

–Pero yo sí quiero verla a ella.

Patrizio encontró el dormitorio sin problemas, ya que era el único dormitorio de la casa. Y dentro encontró a su esposa, completamente desnuda, en la cama.

–No la despiertes –le dijo Garth a sus espaldas–. Ha pasado horas muy mal, con migraña.

Patrizio apretó los puños. Quería despertarla y sacarla de la cama de su amante a rastras, pero sabía que no tenía sentido. Un súbito odio le consumió y se juró a sí mismo no volverla a ver nunca.

Y no lo había hecho...

Hasta ese día.

Abandonando aquellos pensamientos, Patrizio se dio media vuelta y la encontró sentada mordiéndose las uñas. Estaba muy pálida y frágil, parecía un pajarillo a quien le habían cortado las alas y estaba luchando por volver a volar otra vez.

Keira alzó la cabeza y, despacio, sus mejillas cobraron un delicado color. La vio mover la garganta y humedecerse los labios con la lengua.

Patrizio hizo un esfuerzo, una vez más, para no perder el control. Sabía que iba a ser duro, pero no había imaginado que lo fuera tanto. No había esperado que le doliera tanto volverla a ver. El dolor era casi físico.

–Patrizio… Patrizio, quiero darte las gracias por hacer esto con el fin de ayudar a los chicos… Sé que no es lo que ninguno de los dos queremos. Solo quiero que sepas que haré todo lo que esté en mi mano para que todo salga bien.

–Gracias. No se me ha ocurrido otra manera de solucionar la situación.

–Solo van a ser seis semanas.

–Sí.

Patrizio volvió el rostro, incapaz de soportar la herida mirada azul violeta de Keira.

–Si no te encuentras bien para salir a cenar esta noche, lo dejaremos para mañana. Un día más no va a cambiar nada.

–No, estoy bien –dijo ella–. Me siento mucho mejor. Además, necesito comer algo.

Patrizio se acercó a una mesa de café que había en la habitación, agarró un pequeño sobre y se lo dio a Keira.

Keira lo miró sin comprender.

–¿Qué es?

Patrizio le clavó los ojos en los suyos.

–Tu anillo de compromiso y tu anillo de bodas.

Keira agarró el sobre con dedos torpes.

–¿Los guardabas?

Patrizio se encogió de hombros con indolencia.

–Después de que me los devolvieras, no he tenido tiempo de ir a venderlos. Estaba esperando a que nos dieran el divorcio.

Keira sacó los anillos del sobre y se los quedó mirando.

–Será mejor que te los pongas mientras representamos el papel de esposos reconciliados. Una vez que se acabe todo, te los puedes quedar o me los puedes devolver, lo que quieras. A mí me da igual.

Patrizio se volvió para recoger las llaves de la mesa de centro.

Keira se puso en pie. Aún le temblaban las piernas ligeramente, pero logró salir de la habitación detrás de él y llegar al coche.

Patrizio guardó silencio durante el trayecto al restaurante en Toorak Road. Ella le miró una o dos veces y se le encogió el corazón al ver su tensa mandíbula y las oscuras sombras bajo sus ojos.

Patrizio aparcó el coche y la condujo al restaurante. El maître les saludó inmediatamente:

–Señor Trelini, señora Trelini –sus ojos se iluminaron–. ¿Qué es esto? No doy crédito a mis ojos. ¿Van a cenar juntos?

–Sí –contestó Patrizio–. Vamos a celebrar nuestra reconciliación.

–¡Felicidades! Es maravilloso, ¿verdad? Nada de desagradable divorcio ni abogados usureros.

–Exacto –dijo Patrizio con una sonrisa.

Keira se vio presa del remordimiento. La abogada que había contratado la había instado a pedir el cincuenta por ciento de todo el patrimonio, y ella había accedido. Había pensado que Patrizio se opondría y eso prolongaría los trámites, y ella aprovecharía ese tiempo para intentar lograr su perdón. No le interesaba el dinero de Patrizio, lo que quería era su amor y su perdón.

Les condujeron a su mesa y les dejaron la carta de los vinos.

–¿Qué prefieres, blanco o tinto? –le preguntó Patrizio mientras leía la carta.

–Prefiero agua mineral. Quiero evitar que me dé una migraña.

Patrizio la miró con expresión preocupada.

–¿Estás teniendo muchas migrañas últimamente?

–Sí... Es debido a la tensión nerviosa. Me han dado unas pastillas que me están yendo muy bien.

En ese momento, un hombre con una cámara fotográfica se les acercó, iba acompañado de una mujer con un cuaderno de notas y un bolígrafo.

–Señor Trelini... –dijo la joven–, hemos oído hoy que usted y la señora Trelini se han reconciliado.

–Sí, es verdad –contestó Patrizio con una sonrisa–. A los dos nos hace muy felices estar juntos otra vez.

–¿Quiere eso decir que ha perdonado a su esposa por tener relaciones con Garth Merrick? –preguntó ella con una significativa mirada a Keira.

Keira enrojeció al instante.

–Naturalmente –respondió Patrizio–. Todos cometemos errores, ¿no? Hay muchos hombres que son infieles y se espera de sus esposas que, no solo les perdonen, sino que no le den importancia. Si es válido para los hombres, es justo que lo sea también para las mujeres, ¿no le parece?

–Bueno... sí –respondió la periodista mientras anotaba en su cuaderno.

El fotógrafo se acercó más y les pidió que posaran. Keira forzó una sonrisa mientras Patrizio le ponía una mano en la nuca.

–Gracias a los dos –dijo la periodista–. Que se diviertan.

–Lo haremos –dijo Patrizio con otra sonrisa encantadora.

Keira lanzó un suspiro cuando, por fin, se quedaron solos.

–No se me da muy bien esto…

–Has estado bien, no te preocupes –dijo él–. Y ahora, ¿qué te apetece cenar?

Keira no tenía hambre. Se quedó mirando el menú, mordiéndose el labio inferior, y preguntándose si Patrizio tenía idea de lo que la situación le estaba afectando.

Patrizio, desde el otro extremo de la mesa, extendió el brazo, le alzó la barbilla y, con el pulgar, le acarició el labio inferior.

–Si sigues mordiéndote así, te va a salir sangre, querida –dijo él.

Los ojos de ella se llenaron de lágrimas bajo el escrutinio de los ojos oscuros de Patrizio.

–No puedo… evitarlo –Keira ahogó un sollozo.

–Por favor, Keira, no llores. ¿Tanto te afecta estar conmigo?

Keira asintió mientras otro quedo sollozo escapaba de su garganta.

–Lo siento. No te preocupes, ya se me pasa.

–Lo que necesitas es comer –dijo Patrizio antes de hacer un gesto para llamar al camarero.

Keira se secó los ojos mientras Patrizio pedía por ella su plato preferido. Patrizio ya no la quería, pero no se le había olvidado lo que le gustaba y lo que no. Encontró el gesto consolador.

–¿Qué tal te van los estudios? –le preguntó Patrizio cuando el camarero se alejó–. Debes de estar a punto de terminar.

–Sí. Ya he terminado la tesis y me la están corrigiendo. Ahora estoy terminando de preparar el cartapacio. Todos los estudiantes que nos estamos graduando vamos a exponer en una galería de arte. Es una buena oportunidad para mostrar nuestros trabajos.

–¿Te ha gustado hacer el curso? –preguntó él.

–Sí, mucho. Tenía muchas ganas de hacerlo.

–¿Han aceptado ya tus padres que hayas elegido esta carrera?

Keira le lanzó una mirada sombría.

–Ya conoces a mis padres, ellos preferirían que hiciera algo menos controvertido.

–¿Controvertido? –Patrizio frunció el ceño–. ¿Qué tiene de controvertido ser pintora?

–Evidentemente, no has visto mis últimos cuadros –contestó Keira.

Los oscuros ojos de Patrizio brillaron.

–Ofensivos, ¿eh, Keira?

–Digamos que el último cuadro es políticamente subversivo. Ha causado algo de escándalo –contestó ella.

–¿A tu padre o al público?

–A mi padre y al público –contestó Keira–. Fui a una manifestación con el cuadro. Me sorprende que no lo vieras en los periódicos.

–Debía de estar en el extranjero esos días –contestó Patrizio frunciendo el ceño ligeramente–. ¿Te arrestaron?

–No. Esta vez no. Pero mi padre ha amenazado con desheredarme si vuelve a ocurrir.

Patrizio se la quedó mirando durante unos segundos.

–Nuestra separación debe de haber perjudicado la relación con tus padres, ¿no? –preguntó él.

Ella sacudió la cabeza y empezó a juguetear con la comida que el camarero les había servido hacía unos segundos.

–No... pero es culpa mía y acepto la responsabilidad.

Patrizio se preguntó si eso era verdad. Keira insistía en no recordar gran cosa de aquella noche, algo que le irritaba enormemente. Ella había ido, voluntariamente, a casa de Merrick con la intención de reanudar su relación con él. No tenía sentido pretender no saber por qué había acabado acostándose con él.

–No pareces disfrutar mucho con la cena –comentó Patrizio–. ¿No te apetecía comer eso?

Keira sacudió la cabeza y dejó los cubiertos en el plato.

–No es eso, es que no tengo tanta hambre como pensaba. Desde la gripe, no tengo apetito.

–Entonces, vámonos –dijo Patrizio poniéndose en pie–. Ya hemos conseguido lo que queríamos. Los periodistas ya nos han visto y han hablado con nosotros. Vamos a casa.

–¿Y la comida? –preguntó Keira–. ¿No vas a terminar de cenar?

Patrizio le dio su pañuelo con expresión irónica.

–Yo también he perdido el apetito –declaró él–.

Además, estoy cansado. Tengo ganas de irme a la cama.

La cama.

Keira tembló cuando él le puso la mano en la cintura y la condujo a la salida.

Si intentar cenar con él le había resultado difícil, ¿qué iba a hacer durante las seis semanas que compartiría la cama con Patrizio?

Capítulo 5

VOY AL ESTUDIO a ver si he recibido unos correos electrónicos –la informó Patrizio a Keira cuando regresaron a la casa–. Acuéstate. Intentaré no despertarte cuando suba.

Ella tragó saliva.

–¿En qué lado de la cama quieres que me acueste?

La mirada de él se endureció.

–¿Qué lado prefieres últimamente? –preguntó él–. ¿Izquierdo o derecho? ¿O sigues prefiriendo el medio?

–No tengo preferencias.

Patrizio esbozó una burlona sonrisa.

–En ese caso, lo echaremos a cara o cruz. Tú eliges. Cara es el lado derecho y cruz el izquierdo.

–Cara –dijo ella con aprensión.

Patrizio lanzó una moneda al aire.

–Cruz. Tú pierdes.

«Una vez más», pensó Keira. Nunca había ganado nada cuando competía con Patrizio, que tenía una habilidad especial para sacarle ventaja en todo.

–Buenas noches, Keira.

Keira se marchó al dormitorio seguida por la mirada de Patrizio.

Keira volvió a tener aquella pesadilla, tan terrorífica y real como la última vez cuatro semanas atrás. Se sentó en la cama sobresaltada, presa del pánico, mientras el eco de su grito reverberaba en las paredes.

–¿Qué pasa? –Patrizio se despertó sobresaltado mientras Keira encendía la lámpara de la mesilla.

–Lo siento… –murmuró ella levantándose de la cama. El pijama le iba grande y la hacía parecer más una niña que una mujer de casi veinticinco años.

–¿Has tenido una pesadilla? –preguntó él.

–Sí. Perdona que te haya despertado.

Patrizio se levantó de la cama y se acercó a ella, que temblaba visiblemente.

–¿Quieres que te traiga un vaso de agua?

Keira se estremeció y le miró brevemente.

–Sí, gracias.

Patrizio se alegró de tener una excusa para salir de la habitación, eso le permitiría recuperar el control del efecto que la vulnerabilidad de Keira tenía en él. Verla así despertaba su instinto protector, sus ganas de abrazarla y así espantar sus temores.

«Idiota». Keira debía de estar haciendo eso deliberadamente. El divorcio no había ido a favor de ella y debía de estar utilizando esa pequeña tregua para hacerle desearla otra vez con el fin de conseguir más dinero del que iba a lograr obtener.

Tenía que tener cuidado con ella.

De no ser por el hecho de que los estudios de Bruno y Jamie corrían peligro, se habría deshecho de ella ya.

¡Cómo quería verse libre de esa mujer!

Era una tentación de un metro sesenta y siete centímetros con la que no quería tener nada que ver.

Jamie no tenía la culpa de que su hermana fuera una perdida. Jamie era un buen chico, algo introvertido e inseguro, lo que hacía aún más deplorable el comportamiento de Bruno con él.

Cuanto más pensaba en ello, más convencido estaba de que su sobrino había sido una bomba a punto de estallar. La pérdida de su padre a los siete años le había hecho mucho daño, igual que a todos. Él había hecho lo que había podido; pero, evidentemente, no había sido suficiente.

Patrizio suspiró mientras subía las escaleras con el vaso de agua. Bruno aún sufría y era ese sufrimiento el motivo de su comportamiento. Ahora, le tocaba a él dar ejemplo a su sobrino, ejemplo de perdón y reconciliación; al menos, en público. Iba a ser difícil, pero importante que los chicos solucionaran sus diferencias y continuaran con sus vidas.

Keira estaba sentada en la cama tratando de recuperar la compostura. Había vuelto a la vida de Patrizio y tenía que comportarse como si eso fuera algo normal, aunque no lo era. Seguía sin comprender cómo había podido traicionarle... y con Garth, su mejor amigo. Desde que le conocía, muchos años atrás, lo único que había sentido por él era cariño fraternal, lo que aún hacía más inexplicable e injustificable su comportamiento.

¡Ojalá pudiera recordar lo que ocurrió aquella noche! Solo se acordaba de que él le había ofrecido una copa de vino, que ella había bebido entre sollozos, y de un intenso dolor de cabeza que la había hecho tumbarse en la cama, sin importarle que fuera la única que había en el piso. Además, se habían acostado juntos muchas noches de pequeños; para ella, era como dormir con un hermano... al menos, eso pensaba.

Aquella mañana, se había despertado cegada por la luz.

–¿Garth? –entonces, al darse cuenta de que estaba desnuda, agarró la sábana que tenía a los pies y se cubrió inmediatamente con ella.

–¿Qué tal la cabeza? –le había preguntado Garth al tiempo que le daba un vaso de agua.

Ella había agarrado el vaso con manos temblorosas.

–¿Qué pasó anoche? Solo recuerdo el dolor de cabeza y lo que te dije sobre... sobre la aventura amorosa de Patrizio.

Evitando su mirada, Garth respondió:

–Hemos dormido juntos.

Una inmensa incredulidad acompañada de vergüenza y culpa se había apoderado de ella.

–¡Oh, Dios mío! ¡No, Dios mío, no! No es posible que yo haya...

–No pasa nada, Keira. No hemos hecho nada malo. Muchos amigos se acuestan juntos. Hoy en día no tiene mucha importancia.

Ella le había mirado con horror, incapaz de creer sus propias acciones.

–Yo… no sé qué decir. Estoy avergonzada… ¿Me excedí con la bebida? Solo recuerdo haber bebido medio vaso. Siempre tengo cuidado con el alcohol, tú lo sabes.

Garth respiró profundamente antes de decir:

–Tu marido te ha visto. Ha venido esta mañana, hace un par de horas. No quería dejarle entrar, pero no he podido impedírselo. También han venido unos periodistas. Creo que algunos aún están esperando ahí abajo. Será mejor que no te vayas hasta que no se hayan marchado.

Ella se había quedado sin habla.

Garth continuó:

–Creo que ha sido lo mejor que podía pasar, Keira. Al fin y al cabo, él te ha estado engañando, ¿no? ¿Por qué no puedes engañarle tú también? No me parece que tengas que sentirte culpable, no ha sido culpa tuya.

Pero ella no había encontrado disculpa alguna respecto a su comportamiento. Se había acostado con otro hombre y Patrizio tenía derecho a estar enfadado.

No iba a perdonarla jamás.

Patrizio le dio el vaso de agua, haciéndola salir de su ensimismamiento. Al pasarle el vaso, sus dedos se rozaron. Eso fue suficiente para despertar en él el deseo, como siempre que estaba cerca de Keira.

Desde la separación, había buscado consuelo con algunas mujeres, pero ninguna de ellas le había hecho alcanzar los extremos de placer que había sentido con Keira.

–Siento haberte despertado –dijo ella una vez más.

–Da igual. Además, no estaba dormido del todo –respondió Patrizio metiéndose en la cama otra vez.

Apagaron la luz y se hizo un tenso silencio.

–Se me ha olvidado llamar a mis padres –dijo Keira al cabo de cinco minutos.

–¿Crees que podrían estar preocupados si te han llamado a casa? –preguntó Patrizio.

–No lo creo.

–¿Tienes el teléfono móvil aquí?

–No. Se me cayó hace unos días y se rompió. Aún no me he comprado otro. Además, no tenía dinero para cubrir los gastos del móvil.

Patrizio frunció el ceño en la oscuridad. Sin duda, Keira estaba tratando de hacerle sentirse culpable por no acceder a darle la mitad de su patrimonio, pero él no iba a ceder. No estaba dispuesto a repartir su fortuna a medias con la perdida de su esposa, que lo compartiría con su amante.

–Haré que te den un teléfono móvil mañana –dijo él–. Yo pagaré los gastos hasta que esta farsa de la reconciliación llegue a su fin.

Keira guardó silencio unos minutos y él se preguntó si se habría dormido. Entonces, ella dijo:

–Mis padres van a llevarse una sorpresa cuando lean el periódico mañana.

–Sí, supongo que sí.

–Patrizio…

–¿Sí?

–Siento realmente lo que ha pasado –dijo ella con voz ronca–. La vida nos iba muy bien y yo lo estropeé todo. No puedo creer lo estúpida que he sido.

–Todos cometemos errores. Ya se ha acabado, Keira. Tenemos que seguir con nuestras vidas.

–¿Crees que podrás perdonarme algún día? –preguntó ella en un susurro.

–Duérmete, Keira. Este no es el momento para hablar de eso.

–¿Llegará algún día ese momento? –preguntó Keira tras otro prolongado silencio.

–Puede que no. Y ahora, Keira, por el amor de Dios, duérmete –dijo Patrizio enfurecido.

Keira se tragó las lágrimas.

–Buenas noches, Patrizio.

Él no respondió.

Keira se despertó sintiendo el cálido cuerpo de Patrizio en la espalda y la mano de él en su pecho, con los dedos frotándole los pezones.

Un intenso deseo le recorrió el cuerpo al tiempo que sentía la erección de Patrizio entre las piernas, buscando su líquido calor.

–Patrizio...

–¿Mmmm?

Patrizio le acarició la nuca con la lengua.

–No... no deberíamos hacer esto... –dijo Keira temblando de placer.

–Estás en mi lado de la cama –dijo Patrizio–, lo que me hace suponer que quieres que te haga el amor.

Keira lo habría negado, pero dos de los largos dedos de Patrizio habían encontrado la sedosa y mojada evidencia, haciéndola arquear la espalda.

–Me deseas –declaró Patrizio con voz grave. Entonces, se apartó de ella–. Pero no voy a hacerte nada. No voy a ensuciarme contigo.

Keira cerró los ojos tras esas palabras que se le habían clavado en el corazón como un puñal. Sabía que Patrizio ya no la amaba; entonces, ¿por qué le hacía tanto daño su desprecio?

Capítulo 6

A KEIRA no le gustaban las mañanas, siempre le había costado un gran esfuerzo levantarse.

–¿Vas a quedarte ahí todo el día? –le preguntó Patrizio mientras se hacía el nudo de la corbata delante del espejo que había cerca de la cama.

Keira se cubrió la cabeza con la ropa de cama.

–Hoy no tengo clase.

–Algunos tienen mucha suerte –comentó él mientras agarraba la chaqueta y las llaves.

Keira asomó la cabeza para mirarle.

–¿Quieres que haga algo mientras tú estás en el trabajo?

Patrizio se puso la chaqueta.

–No, solo que continúes en tu papel de dedicada esposa si alguien llama o se pasa por aquí –respondió él–. Y no olvides que Marietta va a estar muy al tanto.

Patrizio se miró el reloj y añadió:

–Si te apetece, podrías acompañarme a una función esta noche, eso daría más credibilidad a nuestra supuesta reconciliación. Asistirán muchos periodistas.

–No tengo nada que ponerme –dijo ella, buscando una excusa.

Patrizio arqueó las cejas; luego, sacó unos billetes de la cartera y los dejó encima de la cama.

–Cómprate algo –dijo él–. Algo llamativo y sexy. Y hablando de otra cosa, tu padre ha llamado.

–¿Qué ha dicho? –preguntó ella, aprensiva de repente.

–Quería saber si es verdad que hemos vuelto juntos. Me parece que el artículo del periódico no le ha convencido del todo.

–¿Qué le has dicho tú?

Patrizio esbozó una sonrisa burlona.

–¿Tú qué crees?

–«¿Estoy haciendo esto por los chicos?», ¿es eso?

Patrizio arqueó una oscura ceja.

–¿No te parece bien proteger a los chicos, hacer algo por ellos?

–Naturalmente que sí. Lo que pasa es que no me gusta que me pille en medio.

Patrizio agarró su teléfono móvil.

–No te encontrarías en esta situación si no te hubieran pillado en la cama de otro hombre. Piénsalo.

Keira quería tener la última palabra, pero Patrizio no le dio tiempo, ya que salió de la habitación y cerró la puerta antes de que ella pudiera abrir la boca.

Keira lanzó un suspiro y se volvió a cubrir la cabeza con la sábana.

El hambre fue lo único que la hizo levantarse dos horas después. Se duchó, se peinó y se fue a la cocina, donde encontró a Marietta pasando innecesariamente un paño a la encimera.

–¡Vaya, ya se ha levantado! –exclamó Marietta con una sonrisa–. Sin duda, su marido la ha tenido ocupada hasta altas horas de la noche, ¿eh?

Keira se sintió enrojecer al instante.

–Bueno… sí…

Marietta le guiñó un ojo.

–Necesita descansar, ¿verdad? Tiene que reposar y recuperarse para estar lista otra vez esta noche.

Keira no soportaba tener que engañar al ama de llaves, que claramente estaba encantada con la reconciliación.

Marietta se le acercó y le dio unas palmadas en el brazo.

–Escuche bien lo que le digo porque, aunque soy mucho mayor que usted, sé alguna que otra cosa sobre los hombres. Su marido es como muchos hombres italianos, a él no le gusta compartir. Pero hay muchas mujeres que van detrás de él, ¿no? ¿Por qué va usted a quedarse en la casa y a sentirse mal? He leído los periódicos y he oído rumores. Él es un hombre muy rico y hay muchas mujeres que le quieren para sí. Usted cometió un error, pero… ¿y quién no? Olvídelo y siga con su vida. Ese es mi consejo.

–Gracias, Marietta –dijo Keira–. Estoy haciendo lo posible por seguir con mi vida.

Marietta sonrió.

–Usted le quiere, eso salta a la vista. Usted no ha dejado de quererle. Por eso conservé su ropa en el armario, sabía que volvería. Esta es su casa.

–Sí… esta es mi casa –respondió Keira, pensando en las semanas que le esperaban en la casa de Patrizio bajo la vigilancia de su ama de llaves.

Su madre le llamó justo cuando estaba a punto de salir de casa para ir a comprar un vestido para la función de aquella noche. Marietta le llevó el teléfono y la dejó en el salón con vistas al río Yarra.

–¿Es verdad, Keira? –preguntó Robyn–. ¿En serio has vuelto con Patrizio?

–Sí, es verdad –por algún motivo desconocido, mentir a su madre no le causó sentimiento de culpabilidad.

Oyó el suspiro de alivio de su madre.

–Gracias a Dios que has recuperado el sentido común. Tenía la esperanza de que, cuando tú y Patrizio os encontrarais cara a cara, os daríais cuenta de lo que estabais perdiendo. Por supuesto, le heriste en el orgullo de la forma más des...

–Mamá, por favor –la cortó Keira rápidamente–. Sermonearme no va a ayudar en nada. Estamos empezando otra vez y los dos te agradeceríamos que evitaras mencionar lo que ocurrió. Cometí una equivocación, bien; pero como sabes, podría haber sido al contrario.

–Pero no fue así –le recordó su madre–. Patrizio te ha sido fiel. Nunca he visto a un hombre tan enamorado como Patrizio de ti. Me duele pensar en el daño que le hiciste después de todo lo que él ha hecho por nosotros.

Keira apretó con fuerza el auricular del teléfono.

–¿Qué quieres decir con eso de todo lo que ha hecho por nosotros? ¿De qué estás hablando?

–Yo… No, de nada –dijo Robyn–. Solo he querido decir que se ha comportado como un caballero, en ningún momento ha intentado ponernos en contra tuya. Ha continuado comportándose con nosotros con el cariño de siempre.

–¿Cuándo le habéis visto? –preguntó Keira, sospechando que había algo de lo que ella no estaba enterada–. ¿Habéis mantenido el contacto durante estos últimos dos meses?

–No había motivo para no verle de vez en cuando –respondió Robyn–. Por supuesto, no te dijimos nada porque no queríamos ser la causa de uno de tus berrinches infantiles.

Keira no sabía qué pensar de aquello. No se le había pasado por la cabeza que Patrizio hubiera seguido en contacto con su familia. Sabía que le tenía cariño a Jamie y que siempre había sido muy educado con sus padres, pero lo que su madre había dicho le sorprendía.

–Espero que hayas decidido ser una buena esposa, Keira –dijo su madre, rompiendo el momentáneo silencio–. Y espero que no vuelvas a ver a Garth. Su madre me ha dicho que está saliendo con una chica de Canadá que ha venido aquí de visita. Garth aún no se la ha presentado, pero no me gustaría que tú…

–Mamá, hace semanas que no veo a Garth –dijo Keira–. Me alegro de que haya encontrado a alguien, merece ser feliz.

Su madre lanzó otro suspiro.

–En fin, será mejor que te deje, tengo que ir a una función esta tarde con tu padre. Debo admitir que vuestra reconciliación ha ocurrido en el momento oportuno. Tu padre tiene posibilidades de ser reelegido en el Senado y le vendrá muy bien la noticia de que la vida de su familia está en orden otra vez.

Keira alzó los ojos al cielo. Para sus padres, las apariencias lo eran todo.

La boutique que Keira eligió no era lujosa, pero tenía un vestido de satén blanco magnolia que le encantó: le realzaba las curvas donde tenía que realzarlas y el escote de la espalda le llegaba casi a las nalgas; el escote delantero era igualmente atrevido. Era lo que Patrizio quería, pensó mientras esperaba a que la cajera lo envolviera.

De allí fue directamente a la sección de cosmética de unos grandes almacenes. Allí, una esteticista la maquilló.

La peluquería estaba en el complejo del Southbank del río Yarra.

Una hora más tarde, Keira no podía creer el cambio en su aspecto. Sus rizados cabellos oscuros estaban recogidos en un moño, unos mechones le caían sobre el ojo derecho, confiriéndole un aire atrevido y sensual.

Incluso el taxista no podía dejar de mirarla por el espejo retrovisor.

–¿Va a algún lugar especial esta tarde? –le preguntó el taxista.

–Sí, a una función con mi marido.

–Algunos hombres tienen mucha suerte –comentó el taxista volviendo a mirarla por el espejo retrovisor–. Me suena su cara. ¿No ha salido en los periódicos esta mañana?

–Yo... sí –respondió ella sonriendo con nerviosismo.

–Es la mujer de Patrizio Trelini, ¿verdad? –dijo el taxista–. Mi cuñado trabaja en la construcción. Trelini Luxury Homes, ¿no es así? Construye casas de lujo.

–Sí.

–Es multimillonario, ¿no? Un hombre admirable, ha salido de la nada y se ha hecho millonario. Eso es lo que este país necesita, hombres como él.

–Sí...

–Así que han vuelto juntos, ¿eh? –dijo el taxista parando el taxi delante de la puerta de la casa de Patrizio–. Yo, de todos modos, no volvería con mi mujer si se hubiera ido con otro. De ninguna de las maneras.

Las facciones de Keira se endurecieron.

–¿Cuánto le debo?

El taxista se lo dijo y ella le dio un billete de cincuenta dólares.

–Guárdese el cambio.

Keira salió del taxi con las bolsas en las manos y el rostro enrojecido.

Capítulo 7

KEIRA estaba delante del espejo del baño de la habitación pintándose los labios cuando Patrizio llegó y se la quedó mirando.

Ella se dio la vuelta y, alzando la barbilla con gesto arrogante, le devolvió la mirada.

–¿Qué tal estoy? –preguntó Keira.

Patrizio casi no podía respirar debido a la proximidad de aquel delicioso cuerpo. La delicada e intoxicante fragancia del perfume de Keira era un afrodisíaco, su escote, una tentación irresistible. Era imposible que llevara nada debajo de aquel vestido. De repente, se la imaginó totalmente desnuda y, al instante, su entrepierna cobró vida. Sintió unas ganas irresistibles de levantarle el vestido y penetrarla.

–Estás preciosa –respondió Patrizio con voz ronca–. Voy a darme una ducha rápida, me pondré el esmoquin y nos marchamos. Lo he arreglado para que nos lleven, no quiero molestarme en aparcar en el centro.

–Te esperaré en el salón –respondió ella pasando por su lado.

Patrizio cerró las manos en dos puños cuando ella se alejó y, con los dientes apretados, se miró al espejo.

–Solo un imbécil comete la misma equivocación dos veces –se dijo a sí mismo–. No lo olvides.

La limusina llegó en el momento en que Patrizio se reunió con Keira en el salón. Mientras iban a la puerta, Patrizio le recordó no olvidar representar bien su papel.

–No lo he olvidado –le dijo ella con irritación.

Cuando llegaron al centro donde tenía lugar la función, lo encontraron ya lleno. Keira sabía lo que pensaba todo el mundo, lo vio en sus ojos.

Jezabel.

Perdida.

Ramera.

¡Hipócritas! Keira sabía que un buen porcentaje de los hombres casados que se hallaban allí habían engañado a sus esposas. Las estadísticas lo demostraban. Sin embargo, era diferente cuando la persona que había sido infiel era una mujer.

Las cámaras fotográficas lanzaron sus flashes constantemente a su rostro, que empezó a dolerle al cabo de unos minutos de tanto sonreír mientras contestaba educadamente a todo aquel que se acercaba a hablar con ella.

Justo en el momento en que creyó no poder soportarlo más, vio un rostro conocido. Melissa estaba casada con Leon Garrison, uno de los arquitectos que trabajaban en la empresa de Patrizio. Melissa era decoradora de interiores y, en el pasado, había charlado con ella de vez en cuando.

–¿Qué tal, Keira? –dijo Melissa–. Me alegro de que tú y Patrizio estéis juntos otra vez.

–Gracias –respondió Keira.

–Oí lo que pasó –dijo Melissa, empujándola hacia un rincón tranquilo–. Me refiero al incidente con Rita Favore.

Keira se mordió los labios.

–Ah…

–Es una devoradora de hombres –dijo Melissa–. También intentó ligarse a mi marido. Le dejó un mensaje en el contestador; pero, afortunadamente, yo me di cuenta del juego que se traía entre manos.

–Debería haberme dado cuenta de que…

–No seas tan dura contigo misma –la interrumpió Melissa–. Patrizio te ha perdonado y eso es lo único que importa. Sentí mucho que hicieran esos horribles comentarios sobre ti en la prensa. Aprovechan cualquier ocasión, ¿verdad? Es muy injusto. Los hombres pueden hacer lo que quieran, pero las mujeres…

–Daría cualquier cosa por cambiar lo que ocurrió –dijo Keira–. Lo peor es que no recuerdo lo que hice.

Melissa abrió los ojos desmesuradamente.

–¿Qué quieres decir?

–Tuve una horrible discusión con Patrizio –confesó Keira–. No le creí cuando me explicó lo que esa mujer, Rita Favore, estaba intentando hacer. Y le pedí el divorcio. Me sentía abandonada porque Patrizio pasaba mucho tiempo fuera, trabajando o en viajes de negocios. En fin, después de la discusión, acabé dando vueltas con el coche por ahí hasta que me paré delante de la casa de un amigo. Mi amigo me dio un vaso de vino para calmarme y, a partir de ahí, no recuerdo nada más. Quizá bebiera algo más de una copa, no sé.

–Sí, es posible –dijo Melissa–. Una amiga mía se emborrachó tanto una noche que, hasta hoy día, es incapaz de recordar lo que hizo durante cuatro horas. Se despertó en su casa, en la cama, pero no sabe todavía cómo logró llegar. Horrible.

–Dímelo a mí –comentó Keira con una irónica sonrisa–. Jamás habría creído que me acostaría con Garth. Siempre ha sido como un hermano para mí, nos conocemos desde niños.

–¿Y no tienes ninguna duda de que te acostaste con él? –preguntó Melissa.

Keira se quedó pensativa un momento, preguntándose si Garth le habría mentido. Pero... ¿por qué iba a mentirle? ¿Para qué? Eran amigos de la infancia, sus madres eran amigas y sus padres pertenecían al mismo partido político conservador. Garth jamás habría mentido respecto a algo de consecuencias tan graves para ella.

–No, no tengo ninguna duda –contestó Keira con un suspiro.

–Bueno, en ese caso, olvida el pasado y aprovecha esta segunda oportunidad con Patrizio –Melissa paseó la mirada por el salón–. Dios mío, odio este tipo de funciones, ¿y tú? Además, estos tacones me están destrozando los pies.

–A mí me pasa lo mismo –Keira sonrió, encantada con la simpatía de aquella mujer.

Desde hacía dos meses, echaba de menos la compañía de otras mujeres. Sus amigas la habían dado de lado y los artículos de la prensa no habían ayudado. Nadie quería tener nada que ver con una «perdida».

–Bueno, será mejor que vuelva con Leon –dijo Melissa–. Podríamos almorzar juntas un día, ¿qué te parece? Me encantaría que conocieras al pequeño Samuel. Tiene seis semanas. Mi madre está cuidándole esta noche, es la primera vez que salgo desde que lo tuve. Los pechos están a punto de estallarme y solo llevo aquí treinta minutos.

–Me encantaría conocerle –dijo Keira.

–Te llamaré la semana que viene. Me alegro mucho de haberte visto.

–Gracias. Yo también a ti –respondió Keira.

Patrizio se le acercó cuando Melissa se reunió con su marido.

–Siento haberte dejado sola tanto tiempo –dijo él, rodeándole la cintura con un brazo–. Uno de los de publicidad me ha acorralado.

–No te preocupes. Estaba charlando con Melissa, que ha estado muy simpática conmigo. No fui a verla cuando tuvo el niño.

–¿Por qué no?

–Tenía miedo de tropezarme contigo...

En ese momento, un camarero con una bandeja pasó por su lado.

–¿Te apetece beber algo?

Keira sacudió la cabeza.

–No, gracias. Voy a ir al baño un momento, enseguida vuelvo.

Patrizio la vio alejarse y se fijó en que montones

de cabezas se volvían a su paso con ojos impregnados de censura.

Patrizio lanzó un suspiro.

Keira se encerró en uno de los retretes y respiró profundamente. Oyó entrar y salir a otras mujeres, charlar...

–La mujer de Patrizio Trelini es guapísima, ¿no te parece? –Keira oyó decir a una mujer.

–Sí, lo es –respondió otra–. No me extraña que haya vuelto con ella. Aunque, si te digo la verdad, no entiendo a qué ha venido tanto escándalo; al fin y al cabo, él también se entretiene con frecuencia. Me gustaría saber qué piensa la actual amante de Patrizio de la reconciliación de él con su mujer.

–No sé –contestó la primera mujer–, pero no creo que Gisela Hunter vaya a desaparecer sin montar un escándalo antes.

–¿Ha venido esta noche?

–Sí, ha llegado al mismo tiempo que nosotros –dijo la otra mujer–. Estaba merodeando alrededor de Patrizio. A ver qué dicen los periódicos de eso.

–O la esposa de Patrizio –comentó burlonamente la primera mujer mientras salía con su amiga de los servicios.

Keira salió del cubículo del retrete y se acercó a los espejos para retocarse el maquillaje. Después, respiró profundamente y regresó al salón. Buscó a Patrizio con los ojos, pero no halló ni rastro de él.

–¿Está buscando a su marido? –le preguntó el camarero que había pasado antes con la bandeja.

–Sí.

–Acabo de verle salir hacia esa otra sala –indicó el camarero, señalando a la derecha.

Keira le dio las gracias y siguió la dirección que le había indicado el camarero. Por fin, encontró a Patrizio en una pequeña sala detrás de un gran jarrón con flores.

Estaba de pie al lado de una mujer alta y rubia de veintitantos años con un vestido que realzaba su espectacular cuerpo.

Hablaban en susurros. Keira no logró entender lo que se decían, pero el lenguaje corporal de ambos no daba lugar a dudas de que tenían una relación íntima.

Keira se marchó de allí con el corazón encogido. En el salón principal, se acercó a la mesa que les habían asignado, se sentó y agarró su vaso de agua. No podía tenerse en pie.

Poco a poco, el resto de las mesas se fueron ocupando y, unos quince minutos más tarde, Patrizio se sentó a su lado.

–¿Ocupado con otro ejecutivo? –le preguntó ella con una mirada significativa.

–Sí –respondió él con una sonrisa que no alcanzó a sus ojos.

Keira contuvo la cólera. Estaba segura de que la mujer a la que había oído en los lavabos estaba en lo cierto.

Apenas probó la cena. No hizo más que juguetear con los platos que le sirvieron. La comida no le sabía a nada... excepto a resentimiento y amargura.

Un grupo de música comenzó a tocar, lo que fue

un alivio para ella, ya que podía dejar de esforzarse por mantener una conversación insustancial con los demás comensales que se hallaban alrededor de su mesa.

Patrizio se inclinó hacia ella y le dijo al oído:

–Deberíamos bailar.

Patrizio le tomó la mano y la llevó a la pista de baile. Allí, la rodeó con sus brazos, atrayéndola hacia su pelvis mientras el grupo de música comenzaba a tocar una romántica balada.

Le resultó un tormento tenerle tan cerca. Su cuerpo la traicionó totalmente: los pechos se le irguieron, el deseo le humedeció la entrepierna y el anhelo de besarle hizo que le cosquillearan los labios.

–Relájate, querida. Estás muy tensa –le dijo Patrizio acariciándole el cabello con su aliento.

–Perdona...

–Se me había olvidado lo bien que se ajustan nuestros cuerpos. Me llegas justo debajo de la barbilla.

–Solo porque llevo tacones.

–Pronto nos marcharemos –dijo él mientras seguían moviéndose al ritmo de la música–. No quiero volver a casa muy tarde esta noche. Mañana por la tarde tenemos otro compromiso.

Ella, alarmada, alzó el rostro para mirarle.

–¿Sí?

–No te preocupes, no es nada desagradable. He quedado con los chicos para salir a cenar. Ya se lo he dicho al tutor del colegio.

A Keira le dio un vuelco el corazón. Jamie iba a darse cuenta de la falsedad de la situación.

–¿No ha protestado tu sobrino por verse obligado a salir con Jamie y, para colmo, conmigo también? –preguntó ella.

Patrizio la soltó y, agarrándole una mano, se la llevó de la pista de baile.

–Bruno sabe que espero que se comporte con propiedad, al margen de sus sentimientos hacia ti o hacia tu hermano.

–¿Y tú? –preguntó ella mientras se acercaban a la limusina que les esperaba–. ¿También te vas a comportar tú con propiedad o, en tu caso, no lo consideras necesario?

Patrizio le abrió la puerta para que entrara en el vehículo.

–No me des lecciones, Keira. Al fin y al cabo, eres tú quien no se ha comportado dignamente.

Keira se tragó la respuesta que quería darle al oír a otra gente a sus espaldas y entró en el coche, seguida de Patrizio.

–El conductor te llevará a casa, yo tengo que volver a la oficina debido a un asunto que tengo que resolver urgentemente –dijo él unos segundos después–. No sé a qué hora volveré.

Keira le clavó los ojos.

–Te he visto hablando con ella. Todavía es tu amante, ¿verdad?

Patrizio ni siquiera parpadeó y el resentimiento de Keira aumentó incontrolablemente.

–Lo era... hasta hace unos días –respondió él–. Pero, por los chicos, he interrumpido temporalmente nuestra relación.

Sintió como si le hubieran clavado un puñal en el

pecho, así de agudo era el dolor. Luchó por controlar su reacción al decir:

–Así que... después de seis semanas, vuelves con ella, ¿no?

–Ese es el plan –respondió Patrizio en el momento en que el coche se detuvo delante de la torre donde estaban sus oficinas.

Cuando Patrizio se marchó, Keira se recostó en el asiento del coche y cerró los ojos para contener unas amargas lágrimas.

«No tienes derecho a sentirte celosa», se recordó a sí misma. «Solo tú tienes la culpa de lo que te pasa».

Solo ella…

Capítulo 8

A LA MAÑANA siguiente, cuando Keira se despertó, vio que Patrizio no había dormido allí. Se vio sobrecogida por una profunda desesperación mientras se imaginaba a Patrizio y a Gisela Hunter abrazados.

Se levantó de la cama y fue directamente a darse una ducha, pero el agua no le alivio el dolor.

Marietta estaba ocupada en la cocina cuando Keira bajó con sus cosas de pintar en la mochila, que había llegado con el resto de sus pertenencias el día anterior.

–El señor Trelini debe de haberse marchado muy temprano esta mañana, ¿no? –comentó Marietta.

–Sí –respondió Keira.

–¿Quiere desayunar? Tengo bacon, huevos y…

–No, gracias, Marietta –dijo ella rápidamente–. Tengo que ir a clase a terminar un cuadro para la exposición de final de curso.

Marietta la miró fijamente.

–¿Se encuentra bien? Está muy pálida.

Keira tragó saliva para contener una súbita náusea.

–Estoy bien, gracias. No me gusta levantarme temprano, no me siento bien hasta el mediodía.

–Está más delgada que antes. No se habrá puesto a régimen, ¿verdad?

–No. Es que llevo unas cuantas semanas que no me encuentro del todo bien –confesó Keira–. Un virus me atacó al estómago y, desde entonces, no me he recuperado completamente.

–Ahora que está otra vez en casa, pronto se repondrá –dijo Marietta con seguridad–. Le echaba de menos, ¿no?

–Sí, eso es –contestó Keira, dándose cuenta de que era verdad–. Le echaba mucho de menos…

Keira perdió la noción del tiempo en el estudio de la escuela de pintura. Compartía ese pequeño espacio con otra estudiante que también se iba a licenciar con ella y que, afortunadamente, no iba a ir ese día.

Miró el reloj y descubrió que eran casi las seis de la tarde. Rápidamente, limpió los pinceles, se marchó de la escuela y tomó el tranvía.

Patrizio la estaba esperando en su casa cuando llegó, su expresión era irritada.

–Llegas tarde –dijo él paseándole la mirada por el cuerpo–. Y estás sucia.

–Estaba preparando el cuadro que voy a presentar como proyecto de fin de carrera y he perdido la noción del tiempo.

–Deberías haber llamado por teléfono.

–No hay teléfono en el estudio –respondió ella con irritación.

–Te he comprado un móvil –dijo Patrizio–. Lo he

visto en la cocina, cargándose. En el futuro, te agradecería que lo llevaras contigo con el fin de que me puedas avisar cuando te retrases.

–Anoche no viniste a dormir, ¿me has oído quejarme de que no me hayas llamado? –le espetó ella.

–No estás en situación de echarme en cara nada –respondió Patrizio con mirada arrogante.

–Me pones enferma –dijo ella–. A pesar de lo que dijiste anoche, sigues teniendo relaciones con esa mujer y lo haces con el fin de ponerme celosa.

–Eso no tiene sentido –dijo él fríamente–. Para estar celosa, tendrías que seguir enamorada de mí. Y, para empezar, nunca lo estuviste.

–Eso no es verdad. Te quería –«aún te quiero».

Patrizio esbozó una sonrisa desdeñosa.

–Tus padres tenían razón respecto a ti. Me advirtieron que eras caprichosa, desobediente y con tendencia a querer ser siempre el centro de atención. Debería haberles hecho caso, al igual que a mis amigos, que me dijeron que era un idiota por casarme contigo y me aconsejaron que, simplemente, tuviera una aventura amorosa. Me dijeron que lo único que te interesaba era mi dinero, pero yo, como un estúpido, me negué a reconocerlo.

–En ese caso, ¿por qué demonios te casaste conmigo? Podrías haberte limitado a acostarte conmigo y te habrías ahorrado mucho dinero en abogados.

Con enfado contenido, Patrizio agarró un sobre y se lo dio.

–A propósito de abogados, esta carta es de tu abogada.

Keira tomó el sobre.

–¿No vas a abrirlo? –preguntó Patrizio.

–Todavía no –Keira no quería que Patrizio pudiera leer el contenido del sobre.

Su abogada, Rosemary Matheson, era bastante dura con los divorcios. La mayor parte del tiempo que Keira estaba con su abogada, lo pasaba mirándose las uñas, asintiendo a todo lo que Rosemary decía y soñando con que, al final, todo se arreglara entre Patrizio y ella.

–Si crees que voy a darte la mitad de lo que tengo, Keira, estás en un grave error –dijo Patrizio apretando los labios con ira–. Te daré una considerable suma de dinero, pero nada más. No olvides lo que me hiciste. Me engañaste desde el principio.

Keira, confusa, se lo quedó mirando.

–¿Qué quieres decir con eso de que te engañé desde el principio?

–Me hiciste creer que eras virgen –contestó él–. Ahora, por supuesto, sé que era mentira. Me dijiste eso para hacer que me casara contigo.

Keira se quedó con la boca abierta.

–¿En serio crees que te mentí respecto a eso?

–¿No lo hiciste? –preguntó Patrizio mirándola fijamente.

Keira, temblando, le dio la espalda.

–No, no te mentí. Tú fuiste mi primer amante.

–Pero no el único.

Keira enderezó la espalda y empezó a caminar hacia las escaleras.

–Voy a darme una ducha.

–Keira.

–He dicho que voy a ducharme.

Keira siguió andando, pero Patrizio le dio alcance y la agarró por los brazos apenas conteniendo la furia.

–Estás decidida a hacerme perder la cabeza, ¿verdad, Keira? Estás empeñada en acusarme de algo con el fin de sentirte menos culpable por lo que me hiciste.

–No, eso no es verdad.

–Eres una perdida. No puedes vivir sin un hombre en tu cama. Eres insaciable. Un hombre no es suficiente para ti y nunca lo será.

Keira cerró los ojos para no ver el odio que proyectaban los de Patrizio.

–¡Maldita sea, mírame! –gritó él hundiendo los dedos en la carne de ella.

Keira abrió los ojos al tiempo que, sin poder contenerse más, estallaba en sollozos.

–Keira... Por favor, no. No llores, no es propio de ti.

–Por favor, déjame... –dijo ella entre sollozos.

Patrizio le soltó los brazos y la abrazó.

–Ssss. Vamos, cariño... –dijo él acunándola.

Keira se apoyó en él, dejando que las tiernas caricias de Patrizio rompieran sus defensas.

–No estoy seguro de poder soportar seis semanas así –le dijo Patrizio revolviéndole el cabello–. Creía que podría, pero ya no estoy seguro.

–Yo tampoco –susurró ella–. Es muy duro...

Patrizio le alzó la barbilla y la miró fijamente a los ojos.

–No soy de piedra –concedió él a pesar suyo–. El

sentido común me dice una cosa, pero el cuerpo me dice otra.

Keira se humedeció los labios con la lengua.

–A mí me pasa lo mismo.

–Entonces, ¿qué vamos a hacer? –preguntó Patrizio.

Keira contuvo la respiración, el bajo vientre empezó a latirle.

–No lo sé –respondió Keira–. ¿Esperar a ver si se nos pasa esto?

Patrizio esbozó una sonrisa.

–Típico de ti –dijo él sin malicia en la voz–. No te gusta enfrentarte a los hechos. Prefieres esconder la cabeza bajo la sábana, ¿verdad?

Keira sonrió al oír la acertada definición de su carácter.

–Lo sé, es horrible, ¿verdad?

Patrizio le cubrió una mejilla con la mano.

–Esa es una de las cosas que hicieron que me enamorara de ti. No deberías cambiar.

Keira abrió mucho los ojos y así recibió su beso. De repente, su cuerpo se encendió. Mientras seguía besándola, le oyó gemir. Pronto, las manos de Patrizio le desabrocharon los botones de la blusa, despojándola de ella. Después el sujetador y, al instante, la boca de Patrizio le chupaba los henchidos pezones.

Por fin, Patrizio apartó la boca de ella y la miró a los ojos.

–Eres la única persona que, en cuestión de segundos, me pone en este estado –dijo él–. Me había jurado no tocarte, pero ahora que lo he hecho no quiero parar.

Keira se aferró a él con desesperación.

–No quiero que pares. Quiero que me hagas el amor. Te he echado tanto de menos…

–No puedo aguantar más –dijo él levantándole la falda y moviéndole la braga para penetrarla.

–Oh, Dios mío… –gimió ella mientras Patrizio la acariciaba íntimamente–. Oh, por favor, por favor…

Patrizio se bajó la cremallera de los pantalones y lanzó un gemido de placer al entrar en Keira.

Era una locura, todo precipitado, casi salvaje, pero imparable. Keira se preguntó por qué estaba permitiendo que aquello ocurriera, pero había perdido el control de su cuerpo.

Cada empellón de Patrizio engrandecía su placer. Sus cuerpos se movían al mismo ritmo. Keira le conocía tan bien que logró anticipar el momento en que Patrizio alcanzaba el éxtasis.

Ella, sin embargo, no había llegado a ese punto cuando le sintió perder el control. Habría necesitado algo más de tiempo. Por otra parte, le extrañó que Patrizio hubiera tenido un orgasmo sin asegurarse de que ella lo hubiera tenido primero. No sabía si Patrizio lo había hecho intencionadamente, con el fin de dejar claro que no la consideraba más que un objeto de placer, o si realmente no había podido controlarse. Esperaba que se tratara de lo último.

–Lo siento –dijo Patrizio al tiempo que se separaba de ella–. No debería haber ocurrido.

Keira bajó los ojos.

–No te preocupes, ha sido cosa de los dos.

–No obstante, yo no debería haber permitido que las cosas llegaran tan lejos –declaró Patrizio mientras se arreglaba la ropa–. No tenía intención de tener relaciones sexuales contigo. Te lo digo porque no quiero que te hagas ilusiones.

–Lo comprendo –contestó Keira al tiempo que se daba media vuelta para ir al cuarto de baño–. Voy a darme una ducha, espero no tardar.

Patrizio se pasó la mano por el cabello mientras la veía alejarse.

Capítulo 9

PATRIZIO la estaba esperando cuando, al rato, Keira bajó. –

Keira, me parece que deberíamos aclarar algunas cosas antes de reunirnos con los chicos esta noche.

Keira apretó los labios y ocultó sus verdaderos sentimientos respecto a lo que había ocurrido recurriendo al sarcasmo.

–Olvida lo que ha pasado, Patrizio –dijo ella–. Ha sido simplemente un caso de eyaculación precoz, nada más. Quizá debieras solucionar ese pequeño problema con tu amante. Lo cierto es que no tiene nada que ver conmigo.

–¡Maldita sea, claro que tiene que ver contigo! De repente, estás sollozando en mis brazos como una niña pequeña y, al momento, prácticamente me estás rogando que te haga el amor. No sé quién eres realmente.

Los ojos de ella brillaron.

–Tú también te comportas de forma contradictoria, Patrizio–. Yo creía que no íbamos a tocarnos, pero mira lo que has hecho.

–Hemos sido los dos, no te hagas la inocente.

Keira arqueó las cejas.

–No del todo, Patrizio. Por lo que he podido ver, has perdido ciertas habilidades.

Patrizio apretó los dientes y agarró las llaves que estaban en la consola del vestíbulo.

–Eres una cualquiera. Estoy deseando que acabe esta farsa. De no ser por los chicos, no tendría nada que ver contigo.

–Lo mismo digo, cielo –respondió ella vulgarmente.

Patrizio la condujo hasta el coche con el rostro ensombrecido de furia. Por fin, a medio camino del colegio de los chicos, él rompió el silencio:

–Espero no tener que recordarte lo importante que es que disimulemos delante de los chicos. Jamie y Bruno son inteligentes y se van a dar cuenta enseguida si nos ven raros.

–No es necesario que me lo recuerdes. Y será mejor que dejes de mirarme como si quisieras asesinarme con la mirada.

Llegaron al internado e, inmediatamente, Keira vio a su hermano bajando los peldaños de la escalinata de la entrada acompañado del tutor, el señor Cartwright. Bruno, el sobrino de Patrizio, bajaba detrás de ellos.

Patrizio le lanzó una mirada de advertencia antes de salir del coche y estrechó la mano del señor Cartwright antes de saludar a los chicos.

Keira abrazó a su hermano y luego se volvió al sobrino de Patrizio, a quien le ofreció la mano.

–Hola, Bruno. ¿Cómo estás?

–Bien –respondió el chico apenas rozándole la mano antes de meterse la suya en el bolsillo de la chaqueta.

–Que se diviertan –dijo Kent Cartwright mirando a Keira y a Patrizio, antes de dirigirse a los chicos–. Recordad lo que hemos hablado hace un rato. Si no se soluciona este problema, el señor Tinson os va a expulsar a los dos.

–¡Eso no es justo! –protestó Jamie mirando a Bruno–. Ha sido él quien ha empezado.

Bruno esbozó una sonrisa insolente.

–Empezaste tú al defender el comportamiento de una…

Patrizio le interrumpió con unas palabras en italiano antes de volverse al tutor.

–Mi esposa y yo solucionaremos esto, señor Cartwright –dijo Patrizio–. Traeremos a los chicos de vuelta a las diez de la noche.

Keira enrojeció de vergüenza bajo la despreciativa mirada de Bruno. Se le revolvió el estómago cuando entraron todos en el coche. No sabía cómo iba a poder aguantar aquella noche.

–De todas formas, estoy seguro de que todo esto es mentira –dijo Bruno desde el asiento trasero del coche una vez que hubieron emprendido el camino al restaurante.

–¿Qué quieres decir, Bruno? –le preguntó Patrizio lanzándole una mirada interrogante por el espejo retrovisor.

–Que no estáis juntos otra vez –contestó el chico.

–Eso no es verdad –dijo Patrizio, agarrando una mano de Keira y llevándosela al muslo–. Claro que estamos juntos otra vez, ¿no, Keira?

Keira se pasó la lengua por los labios.

–Sí, claro que sí.

–Dijiste que jamás volverías con ella –declaró Bruno con desdén–. Después de lo que ha hecho, yo tampoco lo haría. Es una sucia…

–Cállate, imbécil –le interrumpió Jamie.

Keira estaba a punto de echarse a llorar.

–Por favor, chicos… Por favor…

Patrizio la miró y, tras lanzar un juramento, llevó el coche a la cuneta de la carretera, lo paró y abrazó a Keira.

–No te preocupes, tesoro –dijo él besándole la frente–. No hagas caso a lo que diga mi sobrino. Bruno no se da cuenta de lo mucho que nos queremos.

Ella le lanzó una temblorosa sonrisa y aceptó el pañuelo que Patrizio le ofrecía mientras deseaba con todo el corazón que aquellas palabras fueran sinceras.

–Lo siento…

–No, no eres tú quien tiene que disculparse –dijo Patrizio antes de volverse a su sobrino–. Bruno, pide disculpas a tu tía por haberla insultado.

–Ella no es mi tía –respondió Bruno con desdén.

–Está casada conmigo y, por tanto, es tu tía –dijo Patrizio.

–Ya. Dime, ¿cuánto va a durar vuestro matrimonio? –Bruno sonrió burlonamente–. Apenas llevabais un año de casados cuando esa...

Patrizio le interrumpió con una andanada de palabras en italiano que dejó a Bruno con la boca cerrada. Sin embargo, la mirada que el chico lanzó a Keira estaba cargada de desprecio.

El restaurante estaba cerca, por lo que la tensión

del coche se alivió ligeramente con el cambio de escenario.

Jamie se acercó a Keira mientras se dirigían a su mesa.

–¿Estás bien?

Ella le sonrió.

–Sí, estoy bien, Jamie. Lo que pasa es que todo ha sido emocionalmente agotador. Ya sabes, me refiero a lo de volver juntos. Creía que sería imposible.

–Sí, yo también –dijo Jamie–. Pero, gracias a Dios, ya ha pasado. Estaba muy preocupado por ti. Todos lo estábamos.

Todos menos Patrizio, pensó Keira.

–Cariño, siéntate a mi lado –dijo Patrizio tomándole la mano y conduciéndola a la silla contigua a la suya.

Keira se sentó y ocultó el rostro detrás de la carta para protegerse de la mirada del sobrino de Patrizio, sentado frente a ella.

La cena fue un suplicio. Los chicos no dejaban de discutir.

–Estás comiendo muy poco, cariño –le dijo Patrizio–. ¿O es que te apetece algo que no es la comida?

Patrizio la miró con expresión insinuante.

Bruno alzó los ojos al cielo.

–Me estáis revolviendo el cuerpo –dijo el chico.

Patrizio miró a su sobrino fijamente.

–Bruno, tienes dieciocho años, los suficientes para comprender cómo son las relaciones entre un hombre y una mujer. Keira y yo hemos estado separados durante dos meses, es de esperar que queramos estar juntos el mayor tiempo posible.

–En ese caso, no perdáis el tiempo con nosotros –dijo Jamie en tono cordial–. A pesar de lo que otros puedan pensar, a mí me parece genial que os hayáis reconciliado. Keira estaba muy triste, ¿verdad, Keira?

–Sí… es verdad –respondió ella.

–Lo tiene bien merecido –dijo Bruno con otra mirada de desdén.

Keira, harta, clavó los ojos en el sobrino de Patrizio.

–Espero que nunca cometas errores en la vida de los que puedas arrepentirte, Bruno; sin embargo, lo más probable es que no sea así. Cometí una equivocación y la he pagado muy cara. Sé que a ti te resulta difícil comprenderlo y, al mismo tiempo, admiro la lealtad que muestras con tu tío. En cualquier caso, quiero que sepas que amo a tu tío y que jamás he dejado de amarle.

–Me parece que, acostándote con otro, es una forma muy extraña de demostrarlo –replicó Bruno.

Patrizio fue a contestar, pero Keira le puso una mano en el brazo, impidiéndoselo.

–No, querido, deja que conteste yo. Yo soy la responsable de lo que ha pasado.

–No quiero que te disgustes –dijo Patrizio–. Has estado enferma y lo has pasado muy mal.

Pero Keira volvió a fijar los ojos en Bruno, aún con la mano en el brazo de Patrizio.

–Bruno, no espero que me perdones por lo que hice, lo único que te pido es que dejes a Jamie en paz. La culpa de lo que ha pasado la tengo yo, no él.

–Él cree que eres inocente –dijo Bruno con una mirada desdeñosa a Jamie.

–Es inocente –declaró Jamie–. Si mi hermana dice que no recuerda lo que pasó, es porque no pasó nada. Es su palabra contra la de Garth Merrick, él podría estar mintiendo.

–No, no soy inocente –intervino Keira con un suspiro–. Fui impulsiva e hice daño a mucha gente.

Patrizio le estrechó la mano.

–Estás perdonada, cielo, te lo he dicho un montón de veces. Vamos, dejemos el pasado atrás y miremos al futuro.

Bruno volvió a alzar los ojos al cielo.

–Sigo pensando que todo esto es una farsa y que, con ella, lo único que queréis es que terminemos el curso sin que nos expulsen. Apuesto a que dentro de seis semanas estaréis sin hablaros otra vez.

–Dentro de seis semanas, Keira y yo nos iremos de viaje para celebrar nuestra segunda luna de miel –dijo Patrizio.

Keira, conteniendo su sorpresa, sonrió.

–Eso es. Nos marcharemos después de inaugurar mi exposición.

–¿Adónde vais a ir? –preguntó Jamie.

–Mmmm...

–A París –contestó Patrizio–. Es la ciudad preferida de Keira, ¿verdad, cariño?

–Sí. Lo pasamos muy bien cuando fuimos allí.

Jamie, diplomáticamente, se miró el reloj y se aclaró la garganta.

–Bueno, lo siento, pero tenemos que volver al colegio. Aún tengo que hacer unos ejercicios para mañana.

Keira suspiró para sí y Patrizio pidió la cuenta. No obstante, para ellos dos, la noche aún no había acabado.

Capítulo 10

CÓMO crees que ha ido? –le preguntó Patrizio durante el trayecto de regreso a la casa después de haber dejado a los chicos en el internado.

–Creo que Jamie se lo ha creído porque quiere creerlo. Pero tu sobrino es otra cosa.

–Sí, estoy de acuerdo –Patrizio frunció el ceño–. No estoy seguro de que le hayamos convencido.

–Cierto, aunque lo de la segunda luna de miel en París ha sido una idea genial –dijo ella con cierto sarcasmo–. Espero que no hablaras en serio.

Se hizo un profundo silencio y, por fin, Keira volvió la cabeza para mirarle.

–Porque no lo has dicho en serio, ¿verdad?

Patrizio la miró fugazmente.

–He estado pensando en la duración de nuestra reconciliación.

A Keira le dio un vuelco el corazón.

–No estarás pensando en prolongarla, ¿verdad?

–No, pero me preocupa lo que pueda pasar después de los exámenes.

Keira se humedeció los labios.

–¿Qué quieres decir?

–Va a haber una cena de graduación y otro tipo de fiestas, y no quiero estropeárselo a los chicos...

–En ese caso, ¿qué sugieres que hagamos?

–Sugiero que seamos algo flexibles respecto al tiempo que va a durar la reconciliación –respondió Patrizio–. No estaría mal posponer lo del divorcio una o dos semanas más.

–¿Que no estaría mal? ¡Claro que estaría mal!

–Como de costumbre, estás exagerando, Keira.

–Puede que a ti te dé igual, pero a mí me ha costado mucho mentirles a los chicos. También me cuesta hacerlo con Marietta. No puedo evitar pensar que sospecha algo. Y no quiero imaginar prologar esta farsa más allá de las seis semanas que acordamos.

–Si yo digo que se prolongue, tendrás que aceptarlo –declaró Patrizio con autoridad.

Keira se puso tensa.

–¿Me estás amenazando?

–Solo estoy diciendo que vamos a seguir las reglas que yo imponga, nada más.

–Al demonio con tus estúpidas reglas. No voy a permitir que me des órdenes.

–Tendrás que hacerlo, Keira. De lo contrario, te vas a encontrar en muy mala situación.

–Ni siquiera voy a rebajarme a preguntarte qué quieres decir con eso –dijo ella–. No me importa en absoluto.

–Eso es porque estás empeñada en comportarte como una niña mimada en vez de como una persona adulta –dijo Patrizio–. Cuando me casé contigo, no tenía idea de lo infantil que eras.

Keira sabía que a Patrizio no le faltaba razón en eso.

El coche se detuvo a las puertas de la mansión de Patrizio. Él apagó el motor y se giró en su asiento para mirarla a los ojos.

–Creo que deberías saber que tus padres vinieron a verme hace unos meses cuando todavía estábamos juntos. Tenían problemas económicos.

A Keira le recorrió un escalofrío por todo el cuerpo.

–¿Y? ¿Qué tiene eso que ver conmigo?

–Todo. Desde entonces, soy yo quien está pagando el colegio de tu hermano.

Keira tragó saliva.

–¿Vas a chantajearme con decírselo todo a Jamie si no te obedezco? ¿Caerías tan bajo?

Patrizio le dedicó una fría sonrisa.

–No solo he estado pagando el caro colegio de tu hermano, sino también el préstamo que pidió tu padre para pagarte la universidad.

–¡No! ¡No es posible! –jadeó ella.

Patrizio le lanzó una de sus inescrutables miradas.

–Sí, así es. ¿No te parece que estás en deuda conmigo?

–Esto es un chantaje.

–Llámalo como quieras –dijo él.

–No puedo creer que estés dispuesto a utilizar a Jamie para obligarme a seguirte el juego.

–También me he ofrecido a pagar la universidad de Jamie y todos los gastos que conlleven sus estudios –añadió Patrizio–. Tus padres, por supuesto, están muy agradecidos.

–Eres un desgraciado –le espetó ella–. ¿Qué más has hecho por mi familia?

–Siempre has estado en contra de tus padres; pero, durante los dos últimos meses, me he dado cuenta de que es más problema tuyo que de ellos. Tus padres han tratado de portarse bien contigo en todo momento, pero tú, sistemáticamente, les has rechazado siempre.

A Keira aquellas palabras le produjeron un gran dolor. Le repugnaba que Patrizio se hubiera aliado con sus padres en contra de ella.

–Si yo digo que nuestra reconciliación va a durar equis tiempo para hacer que las últimas semanas de estancia de los chicos en el colegio sean lo más agradables posible, así va a ser –declaró Patrizio–. No tienes elección.

Keira le lanzó una mirada venenosa.

–¿Le has dicho ya a tu amante que vas a tardar ocho semanas en acostarte con ella o… piensas acostarte con ella y conmigo al mismo tiempo?

Patrizio la miró con expresión desafiante.

–Lo que ha ocurrido esta tarde ha sido una aberración –dijo él–. No volverá a ocurrir.

–Me has tratado como a una ramera.

–Si te comportas como tal, ¿qué otra cosa puedes esperar?

Keira salió del coche y marchó furiosa hacia la casa.

–No voy a seguir aguantando esto –dijo ella–. ¿Y qué si me he acostado con otro? Eso no me convierte en una cualquiera.

Una vez dentro de la casa, después de que Patrizio cerrara la puerta, Keira no pudo contener por más tiempo el llanto.

–Toma, es mejor que te seques las lágrimas con esto a que lo hagas con la manga –le dijo él ofreciéndole un pañuelo.

Keira se secó las lágrimas y dijo:

–Últimamente no hago más que llorar.

–Te pasa un poco lo que a mí –concedió Patrizio–. Estamos algo confusos por habernos visto forzados a enfrentarnos al pasado. No es una situación normal, ¿verdad?

–No, no es normal –respondió ella lanzando un suspiro.

Patrizio se pasó una mano por los cabellos.

–El comportamiento de Bruno contigo esta noche ha sido vergonzoso, lo reconozco. Sé que, hoy en día, hay muchos jóvenes que se comportan de una manera y esperan que sus novias se comporten de otra, pero no sabía que Bruno fuera tan injusto.

–Tiene un buen maestro –respondió ella, sin poder evitarlo–. Tú te has acostado con un montón de mujeres, aunque solo haya sido una noche; pero yo lo he hecho una vez, y con un amigo, y mira lo que ha pasado.

–¿Crees que tiene más disculpa que lo hayas hecho con un amigo? –preguntó Patrizio arqueando las cejas con gesto enfurecido de repente.

–¿Y qué si lo hice? Fue una equivocación. Supongo que no duraría más de tres o cuatro minutos.

–Ah, ya veo que empiezas a recordar aquella noche –dijo él con sonrisa desdeñosa.

–No, no es eso. Lo que ocurre es que me parece injusto que me juzgues a mí y te niegues a juzgarte a ti mismo.

–Yo no te engañé –le recordó él fríamente.

La frustración y el sentimiento de culpabilidad la hicieron alzar la voz:

–¡No lo hice a propósito!

–Sí, claro que lo hiciste a propósito –dijo él con desprecio en los ojos–. No podrías haber elegido una forma mejor de destrozar el amor y el respeto que te tenía que acostándote con otro mientras estabas casada conmigo.

Keira parpadeó para contener unas amargas lágrimas.

–Y tú jamás serás capaz de perdonarme el desliz, ¿verdad?

Patrizio la miró de arriba abajo con crueldad.

–Volverás a caer, no me cabe duda. Lo hiciste esta misma tarde, cuando me rogaste que te diera la satisfacción sexual que necesitabas.

–Cosa que no lograste hacer –le recordó Keira con ira.

–Eso tiene fácil remedio –dijo Patrizio, cubriéndole la boca con la suya.

Capítulo 11

DE HABER tenido más tiempo para prepararse y defenderse del ataque de la boca de Patrizio, no habría respondido tan apasionadamente, se dijo a sí misma más tarde. La boca se le transformó en mil lenguas de fuego tan pronto como entró en contacto con él. El cuerpo empezó a latirle de deseo.

Keira sintió en el cuerpo la fuerza de la erección de Patrizio mientras la lengua de él conquistaba la suya. Gimió del placer que le producía tenerle tan fuera de control, tan apasionado a pesar de lo que opinaba de ella.

Patrizio la besó con loca pasión, recordándole lo que la haría sentir cuando la penetrara. Y el cuerpo de ella se preparó para el asalto mientras Patrizio la conducía al suntuoso salón.

La tumbó en la alfombra que había a sus pies y empezó a desnudarla.

Keira lanzó un grito cuando Patrizio le cubrió un pezón con la boca y empezó a lamérselo. Ella entrelazó las piernas con las de Patrizio y alzó el cuerpo para sentir más la fuerza de la potencia que tanto deseaba.

Patrizio ya no la amaba, pero ella podía demostrarle de aquella manera lo mucho que le quería, podía demostrárselo con sus caricias, con el anhelo que mostraba de que él la poseyera.

Patrizio levantó la cabeza de los pechos de ella y la miró a los ojos.

–Dime que me deseas, Keira –le ordenó Patrizio mientras empezaba a acariciarla íntimamente.

–Te deseo…

–Más alto.

–¡Te deseo!

Un brillo triunfal iluminó los ojos de él.

–Pronuncia mi nombre. Dilo, Keira, di a quién deseas.

Ella estaba a punto de sollozar de desesperación mientras los dedos de Patrizio continuaban excitándola.

–Te deseo, Patrizio… No sabes cuánto te deseo…

Keira tembló con el orgasmo. Se sintió liviana y ligera, toda feminidad en los brazos de Patrizio.

Abrió los ojos y se encontró con los de él, sus oscuras profundidades le causaron inseguridad.

–¿En quién pensabas al alcanzar el éxtasis? –preguntó Patrizio.

Keira frunció el ceño.

–¿Por qué me preguntas eso?

Patrizio le cubrió un pecho con la mano.

–Quiero que solo pienses en mí, ¿me has entendido? En mí. No en un amigo de tu infancia.

Keira jadeó cuando él empezó a moverse dentro de su cuerpo mientras le besaba la temblorosa carne desde los pechos a los muslos. Sabía lo que le estaba esperando y se estremeció de anhelo. La primera caricia de la lengua de Patrizio la hizo arquear la espalda, la segunda la hizo aferrarse a él, las siguientes la dejaron sin respiración. Jadeó, se retorció y gritó mientras su cuerpo entero se sacudía con el segundo orgasmo.

Apenas se había recuperado cuando Patrizio empezó a dar empellones dentro de ella acompañado de gruñidos de placer y, una vez más, la llama del deseo se encendió en ella. Se abrazó a él mientras Patrizio volvía a acercarla a la cima del placer.

La boca de Patrizio acalló sus gritos de éxtasis. Keira sintió su cuerpo lleno con la fuerza del orgasmo de él.

Por fin, cuando ambos hubieron recuperado la respiración, Patrizio se incorporó ligeramente apoyándose en un codo y se la quedó mirando.

–¿Alguna vez Merrick te ha provocado tres orgasmos seguidos?

Keira cerró los ojos, con el dolor y el sufrimiento lacerándola.

–Por favor, Patrizio, para.

–Mírame.

Keira cerró los párpados con más fuerza.

–No.

–¡Mírame! –gruñó él.

Keira abrió los ojos, llenos de lágrimas.

–¿Por qué te empeñas en estropear lo que acaba de ocurrir? Estás haciendo que parezca sórdido.

Patrizio salió de ella con un rápido movimiento, se puso los pantalones y la miró con desdén.

–Porque es sórdido –respondió él–. Puro sexo, nada más.

Las palabras de Patrizio se le clavaron en el corazón. ¿Cómo podía ser tan cruel?, pensó mientras recogía su ropa. Había hecho el amor con Patrizio porque le amaba, era así de sencillo.

–Supongo que debería habértelo preguntado antes, pero... ¿Sigues tomando la píldora? –preguntó Patrizio.

Keira, que estaba abrochándose el sujetador, se quedó inmóvil momentáneamente. Por fin, terminó de abrochárselo y alzó la barbilla.

–He notado que no te has tomado la molestia de utilizar un preservativo. Espero que no me pases ninguna infección que te haya podido pasar alguna de tus numerosas amantes.

–Si a alguno de los dos debiera preocuparle eso, sería a mí en todo caso –respondió él fríamente.

Ella le lanzó una gélida mirada.

–Eres un sinvergüenza.

–No has respondido a mi pregunta. ¿Estás tomando la píldora sí o no?

Keira evitó mirarle a los ojos. Hacía semanas que no tomaba la píldora.

–Keira...

–Ah, sí... no te preocupes, no hay peligro.

–Si hay alguna duda, será mejor que me lo digas ya –insistió Patrizio–. Si concibieras, sería muy difícil...

–Vamos, dilo, Patrizio. No te molestes en ahorrarme sufrimiento –dijo ella con amargura.

–No sé a qué te refieres. Lo único que iba a decir es que...

–Sé lo que ibas a decir –le interrumpió Keira–.

Ibas a decir que sería muy difícil saber quién es el padre, ¿no?

–Por lo que sé, eso sería muy fácil de resolver, solo se necesitan unas sencillas pruebas, nada más. Pero no, no iba a decir eso.

Keira se retractó:

–Ah, yo... perdona. Creía que...

–Iba a decir que sería muy difícil seguir con el proceso de divorcio si te quedaras embarazada. ¿No te parece?

Sorprendida, Keira le miró fijamente a los ojos.

–¿Estás loco?

–No, no estoy loco. Solo pienso en la posibilidad de un recién nacido en medio de un divorcio –contestó Patrizio.

–Un niño no es algo con lo que solucionar problemas matrimoniales –dijo ella–. Además, creo que nada podría ser peor para un niño que criarse con unos padres que se odian.

–¿Qué harías si ocurriera?

–¿Si me quedara embarazada?

Él asintió.

Keira tragó saliva mientras trataba de recordar la última vez que había tenido el periodo y se vio presa del pánico cuando sumó las semanas.

¿Era posible que hubiera transcurrido tanto tiempo?

Prefirió no pensar en ello.

–No va a ocurrir, Patrizio –dijo ella, preguntándose si no habría ocurrido ya.

Hacía dos meses que no menstruaba, lo que significaba... ¡No, no! ¿Sería posible que ni siquiera pudiera estar segura de quién era el padre?

Patrizio frunció el ceño al ver la expresión confusa y abatida de Keira. De repente, se había puesto muy pálida.

–Vete a la cama, Keira, se te ve muy cansada. Tienes cara de no haber dormido en semanas.

«Ocho semanas sin el periodo», pensó Keira mientras se dirigía hacia la puerta.

–¿Vienes tú también? –preguntó ella.

–¿Todavía no te sientes satisfecha, Keira? –preguntó él con expresión insinuante.

Keira enderezó los hombros y le miró a los ojos.

–No me daré por satisfecha hasta que no me mires con respeto en vez de con odio en los ojos –respondió ella.

Patrizio esbozó una sonrisa burlona.

–En ese caso, tesoro, vas a tener que esperar sentada.

–No me llames tesoro, no soy tu tesoro –dijo ella enfadada–. Más bien, soy el trapo con el que te limpias los pies.

Patrizio la miró sin compasión.

–Ni yo mismo lo habría explicado mejor –dijo él con sonrisa sardónica.

Tras esas palabras, Patrizio salió de la estancia, cerrando la puerta tras de sí sigilosamente.

Capítulo 12

KEIRA se despertó al amanecer, Patrizio dormía a su lado, sus facciones estaban relajadas. Anhelaba acariciarle, como tantas veces había hecho en el pasado. El leve roce de la yema de un dedo era lo único que Patrizio había necesitado para volverse hacia ella, completamente erecto; con sus oscuros ojos brillando de pasión.

Keira se humedeció los labios con la lengua al recordar las veces que le había saboreado, provocando una reacción en él que había aumentado su propia pasión.

Abrió los ojos y cerró las manos, tan cerca de los muslos de Patrizio. La tentación estaba ahí, solo un leve movimiento y le tocaría, sentiría el fluir de su sangre como reacción a la caricia...

Keira, sorprendida, parpadeó cuando, de repente, Patrizio le agarró la mano y se la llevó a la entrepierna. Patrizio aún tenía los ojos cerrados y lanzó un gruñido de puro placer cuando los dedos de ella, instintivamente, le exploraron.

–Sí, querida... Así es como me gusta...

A Keira se le secó la garganta al sentir cobrar vida al engordado miembro. Impulsivamente, arrimó el rostro al cuerpo de Patrizio y le besó los pezones antes de acariciarle el vientre con la lengua. Le sintió tomar aire y contenerlo en los pulmones, le sintió tensar los músculos del vientre mientras ella descendía con su boca hasta tomarle el miembro en ella. Le oyó gemir mientras le conducía al paraíso y tragaba la evidencia.

Patrizio se estiró lánguidamente antes de capturar los ojos de ella con los suyos.

–Estoy empezando a pensar que quizá debiéramos prolongar nuestra reconciliación a seis meses, en vez de seis semanas –dijo él con una tentadora sonrisa–. ¿Qué te parece, Keira? ¿Quieres tener una aventura amorosa conmigo antes de que nos divorciemos?

Keira sabía que se había traicionado a sí misma al hacer lo que acababa de hacer. Le disgustaba que, al cabo de unos segundos de haber alcanzado aquel sumo placer, Patrizio mencionara el divorcio, recordándole la precariedad de su puesto en la vida de él. Al final de su relación con él, fuera la que fuese, le esperarían unos papeles que tenía que firmar y sería mejor que no lo olvidara.

–Debes de estar bromeando.

Patrizio le puso una mano en el hombro para evitar que ella se diera la vuelta.

–Piénsalo, querida. El sexo entre los dos es bueno. Me vuelves loco de deseo con solo mirarme de la forma que lo estás haciendo ahora.

–Yo no te estoy mirando de ninguna forma.

–Sí, claro que sí. Me miras con deseo, como si jamás pudieras saciarte de mí.

–Eso son imaginaciones tuyas.

Patrizio le humedeció los labios con su propia lengua; después, apartó la cabeza para mirar el efecto.

–¿Crees que son imaginaciones mías el temblor de tu cuerpo? –preguntó él cubriéndole un pecho.

–Yo... no estoy temblando.

–¿Crees que son imaginaciones mías la forma como te abres de piernas para que yo pueda hacer esto?

«¡Oh, Dios mío!», exclamó Keira en silencio cuando un largo dedo de Patrizio la penetró. No podía negar lo que Patrizio la hacía sentir. Se sintió derretir cuando Patrizio sustituyó el dedo con su miembro, llenándola y haciéndola gritar de placer.

–¿Son imaginaciones mías el placer que te proporciono, Keira? –preguntó Patrizio incrementando el ritmo de sus movimientos.

–No... no... no...

–Entonces, es verdad, ¿no? Es verdad que me deseas con desesperación, ¿verdad, Keira?

–Sí... sí...

Keira se puso tensa cuando él, conteniendo sus movimientos, la mantuvo al borde del precipicio.

–Por favor... por favor... ¡Ya!

Patrizio la llevó al éxtasis con un profundo empellón, dejándola después como una muñeca de trapo en sus brazos. Keira sintió el estallido de él dentro de su cuerpo, el aroma del acto sexual embriagándola.

De nuevo, Keira se arrepintió de haberse traicionado a sí misma y una profunda tristeza se apoderó de ella.

Por fin, Patrizio se separó de ella y se levantó de la cama.

–Tengo que irme a trabajar –dijo él–. ¿Quieres que te lleve de paso a la escuela?

Keira se cubrió el cuerpo con la sábana.

–No, iré en tranvía –respondió ella evitando su mirada.

–¿Y tu coche?

–He tenido que venderlo.

Patrizio frunció el ceño.

–¿Por qué?

Keira se encogió de hombros.

–Necesitaba el dinero para comprar pintura y lienzos.

–Si quieres, puedo proporcionarte un coche, ¿qué me dices?

Keira sacudió la cabeza, aún sin mirarle. Patrizio se acercó de nuevo a la cama, le alzó la barbilla y la obligó a mirarle a los ojos.

–Haré que te traigan un coche lo antes posible –dijo él–. Puedes disponer de él el tiempo que quieras.

–No quiero un coche, Patrizio. No me parece bien –respondió Keira.

Patrizio se enderezó.

–Considéralo un pago por los servicios prestados –dijo él pasando los ojos por su cuerpo.

Los ojos de Keira echaron chispas de furia.

–Lo que has dicho es repugnante.

Patrizio arqueó las cejas.

–Pero acertado, ¿no?

–No –respondió ella cerrando las manos en dos

puños–. La única razón por la que me he acostado contigo es por…

–¿Por qué, Keira? ¿Por recordar viejos tiempos?

Keira se pasó la lengua por los labios.

–Sabes perfectamente por qué lo he hecho –dijo ella en voz baja.

–Porque no has podido resistirlo, ¿verdad? –Patrizio esbozó una sonrisa burlona–. Porque eres una mujer a quien le resulta difícil saciarse sexualmente y siempre estás a la búsqueda de alguien con quien acostarte, ¿no?

–No, no es eso en absoluto.

Patrizio dio un paso en dirección al cuarto de baño.

–No tengo problemas en tenerte ocupada durante las seis próximas semanas, incluso un par de meses; pero, después de eso, nos divorciamos.

–No voy a volver a acostarme contigo –declaró Keira alzando la barbilla con gesto desafiante antes de taparse la cabeza con la sábana.

Patrizio, riendo, fue al cuarto de baño y cerró la puerta tras de sí.

Después de que Patrizio se marchara a trabajar y antes de levantarse, una idea acudió a la mente de Keira. La rechazó al instante, no quería pensar, ni por un momento, que Garth, intencionadamente, hubiera querido destruir su reputación y su matrimonio. Sin embargo, la idea seguía ahí. Sí, le había hablado de sus problemas a Garth en numerosas ocasiones durante los primeros meses de su matrimonio, le había confesado que sospechaba que Patrizio le era infiel durante sus viajes de trabajo, y Garth siempre se había mostrado comprensivo con ella. No tenía razón para creer que podría traicionarla cuando llevaba siendo amigo íntimo suyo tanto tiempo.

Pero ya no tenía tanta confianza con Garth como en el pasado, se recordó a sí misma con pesar. Garth se había convertido en un extraño, hacía semanas que no sabía nada de él.

Sin embargo, Keira sabía que Garth tenía derecho a saber que, en caso de estar embarazada, él era uno de los dos hombres que podían ser el padre de la criatura.

De camino a la escuela, iba a comprar el aparato para hacerse la prueba del embarazo... Y también iba a llamar a Garth.

Capítulo 13

HOLA, Garth –Keira se apretó el móvil al oído para amortiguar el ruido de los estudiantes que pasaban por el estudio–. Soy yo, Keira.

–Ah, hola, Keira –respondió Garth–. Iba a llamarte. Quería que fueras tú la primera en recibir la noticia.

–¿Qué noticia?

–Me voy a vivir a Canadá. Me voy a casar. Me iré dentro de un mes más o menos.

–Felicidades. Mi madre mencionó algo respecto a que estabas viéndote con alguien del extranjero. No sabes cuánto me alegro por ti.

–Gracias, Keira –Garth se aclaró la garganta–. He oído que tú y Patrizio habéis vuelto.

–Sí. Estoy muy contenta.

–Estupendo. Estupendo.

–Garth, ¿te parece que podríamos vernos para charlar un rato? ¿Mañana o así?

–Estoy bastante ocupado; ya sabes, planificando la boda y esas cosas...

–Es muy importante –dijo ella–. ¿Y esta noche?

–Escucha, Keira, lo mejor es que lo olvidemos todo. Es agua pasada, ¿de acuerdo?

–Creo que estoy embarazada.

–Eso es maravilloso, Keira –dijo Garth–. Es absolutamente maravilloso. Me alegro mucho por ti. Siempre has querido tener un hijo.

–Garth… no lo entiendes –Keira tragó saliva–. Podría ser tuyo…

Se hizo un tenso silencio.

–Garth, ¿me has oído?

–Sí… Sí, te he oído.

–No sé qué hacer. Estoy muy asustada.

–Keira, no puede ser mío.

–¿Cómo puedes estar tan seguro? –preguntó ella.

–¿De cuántas semanas estás?

–No lo sé, aún no me he hecho siquiera la prueba del embarazo. Lo he estado retrasando. Tengo miedo de decírselo a Patrizio.

–Deberías ir a que te viera un ginecólogo –dijo él–. Estoy seguro de que me dejará fuera cuando eche las cuentas.

Se hizo otro silencio.

–Garth, Patrizio no me ha perdonado. No estamos juntos otra vez, solo fingimos estarlo por Bruno y por Jamie.

Keira le explicó la situación y luego añadió:

–Esto va a complicar mucho las cosas. Necesito comprender cómo ocurrió, ya sabes que no recuerdo nada.

–Ya te dije lo que pasó.

–Dímelo otra vez, con todo detalle. No me importa lo embarazoso que pueda ser. Tengo que comprender qué fue lo que me condujo a…

–Lo siento, pero tengo que dejarte, Keira. Estoy esperando una llamada de Mischa en cualquier momento.

–Garth, por favor, yo…

–Déjalo ya, Keira –dijo Garth, interrumpiéndola–. No tiene sentido seguir por este camino. Tengo que dejarte. Adiós.

Keira se quedó mirando a su teléfono móvil, sin comprender su silencio.

La casa estaba muy silenciosa cuando regresó, lo que la hizo sentirse desesperadamente sola.

Subió a la habitación, sacó del bolso la caja con lo necesario para la prueba del embarazo y se la quedó mirando durante unos segundos. Quería saber si estaba embarazada y, al mismo tiempo, olvidarse de todo. Era una cobardía, lo sabía, pero acabó metiendo la caja en el cajón donde guardaba su ropa interior, debajo de las prendas de encaje y seda.

Lanzó un suspiro, se acercó a la cama, donde había dejado el bolso y sacó el teléfono móvil.

–Mamá, ¿tienes tiempo para hablar un momento? –preguntó Keira cuando su madre se puso al aparato.

–Ah, me alegro de que hayas llamado, Keira –dijo Robyn en tono animado–. Te he llamado hace un rato, pero estabas comunicando. He hablado con Patrizio para invitaros a que vinierais a cenar esta noche y ha aceptado la invitación.

–Por lo que tengo entendido, no sería la primera vez –comentó Keira con cierta ironía.

–Espero que no estés enfadada porque hayamos seguido viéndonos con él –su madre suspiró–. Patrizio ha consentido que vuelvas con él y deberías estar agradecida, aunque no sé cuánto tiempo va a durar la reconciliación.

A Keira le dio un vuelco el corazón.

–¿Por qué dices eso? –preguntó Keira.

–Ya sabes cómo eres, Keira. Me da miedo que vuelvas a estropear las cosas.

–Gracias por la confianza que tienes en mí, mamá. Es justo lo que a una chica le gusta oírle decir a su madre.

–Keira, no eres insegura, eres inmadura –dijo Robyn–. Has tenido todo lo que se puede comprar con dinero y sigue sin ser suficiente para ti. Por el amor de Dios, ¿qué más quieres de nosotros?

Keira sintió unas lágrimas aflorar a sus ojos.

–Lo que quiero es que me aceptéis tal y como soy. ¿Es pedir demasiado?

–Estás diciendo tonterías otra vez, Keira. Tu padre y yo hemos hecho lo que hemos podido por apoyarte, pero pareces incapaz de reconocerlo.

–¿Me quieres, mamá? –preguntó ella.

–¿Qué clase de pregunta es esa?

–La clase de pregunta que una hija insegura siente la necesidad de hacer de vez en cuando.

–Keira, no le encuentro sentido a esta conversación –declaró Robyn–. De todos modos, claro que te quiero. Eres mi hija.

–¿Y papá, me quiere?

–Keira, por favor, esto es ridículo...

–¿Me quiere?

–Claro que te quiere.

–Nunca me lo ha dicho. No me lo ha dicho ni una sola vez.

–Ya sabes que tu padre no es expresivo respecto a sus sentimientos –contestó Robyn.

–Pero es muy cariñoso con Jamie.

–Sí, pero eso debe de ser porque Jamie es un chico –dijo su madre–. Y ahora, deja de hacer preguntas tontas. Hasta esta noche, a las siete.

–Mamá…

–Keira, tengo que ir a ver cómo va el asado.

–¿Es una pierna de cordero más importante que tu propia hija?

Robyn lanzó un suspiro.

–¿Tienes problemas con Patrizio?

–No –mintió Keira–. Es solo que estoy algo sentimental.

«Y creo que estoy embarazada, pero no sé quién es el padre», añadió Keira para sí.

–Patrizio es un buen hombre, Keira. Muy pocos matrimonios sobreviven después de que la esposa haya sido infiel. Deberías estar muy agradecida, mucho.

–Lo estoy.

–Hasta esta noche. A propósito, los chicos van a venir también. Tu padre va a ir a recogerlos al colegio –dijo Robyn–. Y otra cosa, he preparado tu postre preferido.

Keira se pasó una mano por los ojos.

–Gracias, mamá.

Keira dejó escapar un suspiro mientras dirigía la mirada hacia el armario. Tras unos momentos de duda, se acercó al cajón de la ropa interior, sacó la caja que había dejado allí hacía unos minutos y, con ella en la mano, se fue al cuarto de baño.

* * *

Patrizio encontró a Keira en el salón, sentada en el borde de uno de los sofás y mordiéndose lo que le quedaba de las uñas. Al verle, se quitó la mano de la boca y se sonrojó.

–Mamá me ha dicho que te ha llamado para invitarnos a cenar –dijo ella–. Los chicos también van a ir.

–Sí. Pero si no te apetece ir, pondremos una disculpa.

–No, es mejor que vayamos –respondió Keira mirando al suelo.

Patrizio se acercó a ella y le puso una mano en el hombro.

–¿Qué pasa, Keira?

Keira alzó los ojos y le miró.

–Nada. Es solo que estoy algo cansada y baja de moral.

«Y embarazada». La caja, después de haberse hecho la prueba, estaba en un estante del armario, debajo de los jerseys. Esperaba que Marietta no la encontrara accidentalmente.

Necesitaba tiempo para prepararse antes de decírselo a Patrizio.

–Te he comprado un coche –dijo Patrizio, interrumpiendo el momentáneo silencio–. Lo van a traer mañana por la mañana a primera hora.

Keira esbozó una sonrisa forzada.

–Gracias... pero no deberías haberte molestado. Estoy acostumbrada al transporte público.

–Preferiría que utilizaras el coche que te he comprado –dijo él–. No me gustaría que los periodistas empezaran a hacer comentarios sobre por qué mi esposa va en tranvía mientras yo dispongo de un coche lujoso y también de chófer cuando quiero.

–Así que es por las apariencias, ¿eh? –dijo ella con amargura.

–Naturalmente –contestó Patrizio–. Pero lo estamos haciendo por los chicos, ¿no?

–Sí, tienes razón. En fin, creo que deberíamos irnos ya –dijo Keira con voz algo ronca–. Mamá se está tomando muchas molestias con la cena y no me gustaría llegar tarde.

Llegaron con algo de retraso a casa de los padres de Keira, pero su padre, Bruno y Jamie habían llegado hacía poco y aún estaban sirviéndose las bebidas.

Jamie se acercó a Keira, una vez que todos tuvieron una copa en la mano, y le sonrió cariñosamente.

–Estoy feliz. Hace meses que no venía a casa.

–¿Tan mal te encuentras en el internado? –le preguntó ella con preocupación.

–No –respondió Jamie–. Bueno, últimamente las cosas no han ido muy bien, pero se están empezando a arreglar.

Keira lanzó una mirada a Bruno, que parecía estar siendo amonestado por su tío.

–Bruno no parece muy contento de estar aquí esta noche –comentó ella.

–Ya. Para él es como estar en el campamento enemigo –dijo Jamie–. Siento lo que te dijo la otra noche. A mí me dieron ganas de darle un puñetazo.

–No te preocupes, ahora que Patrizio y yo estamos juntos, se le acabará pasando.

Jamie la miró fijamente a los ojos.

–¿Es de verdad, Kiki? –preguntó su hermano–. No lo estaréis haciendo por nosotros, para que pasemos los exámenes y esas cosas, ¿verdad?

A Keira le costó un gran esfuerzo mantenerle la mirada a su hermano.

–Jamie, no te preocupes, estamos juntos porque queremos estarlo.

–Eso le he dicho a Bruno, pero él no está convencido del todo –dijo Jamie.

–¿Cómo crees que podríamos convencerle? –preguntó Keira.

Jamie se quedó pensativo un momento.

–¿Se os ha ocurrido repetir públicamente los votos matrimoniales?

Keira lanzó una mirada en dirección a Patrizio y le dio un vuelco el corazón al ver que él la estaba mirando también. Al momento, forzó una sonrisa antes de volver a dirigirse a su hermano.

–No hemos hablado de ello, pero quizá deberíamos consultarlo con Patrizio.

–¿Consultar qué conmigo? –preguntó Patrizio rodeándole la cintura con un brazo.

Jamie le sonrió.

–Estábamos hablando de por qué no repetís los votos matrimoniales.

Patrizio miró a Keira.

–¿Qué te parece, querida? ¿Te apetece ir de novia por segunda vez?

Keira se humedeció los labios.

–No creo que sea necesario…

–Ya os he dicho que la reconciliación no es de

verdad –dijo Bruno uniéndose a ellos–. Keira no lo hará porque, tan pronto como se le presente la ocasión, volverá con su amante.

–Bruno, te he advertido que no hables así a tu tía...

La mirada desafiante de Bruno interrumpió la reprimenda de su tío.

–¿Por qué no le miras el teléfono móvil? –sugirió Bruno–. Mira las llamadas que ha hecho y te garantizo que verás que se ha puesto en contacto con él.

Keira estuvo a punto de desvanecerse en ese instante. Presa del pánico, lanzó una mirada a su bolso, donde el teléfono móvil contenía la evidencia.

–Te equivocas –dijo Patrizio–. No necesito hacer semejante cosa. Confiamos el uno en el otro y hemos dejado el pasado atrás.

–Yo no me fiaría de una cualquiera –dijo Bruno en un susurro que pudo llegar a los oídos de los que estaban a su lado.

–¡La cena está lista! –anunció Robyn alegremente–. Venga, chicos, sentaos.

Patrizio retuvo a Keira mientras los chicos se sentaban a la mesa.

–Esto no está saliendo como pensábamos –le dijo él en un susurro–. Vamos a tener que esforzarnos algo más.

–¿Qué sugieres que hagamos? –preguntó ella con expresión preocupada.

–No lo sé, pero vamos a tener que hacer algo y pronto –contestó Patrizio llevándola hacia la mesa.

Capítulo 14

KEIRA se sentó al lado de Patrizio e hizo un esfuerzo por hacer justicia a la cena que su madre había preparado. Los chicos estaban sentados el uno frente al otro y, aunque Jamie logró ignorar las miradas insidiosas de Bruno, no tuvo la misma suerte con las preguntas de su padre respecto al empeoramiento de sus notas escolares.

Por fin, Keira no pudo soportarlo más.

–¿No te parece algo hipócrita criticar a Bruno por meterse con Jamie? Es justo lo que tú estás haciendo con él.

–¿Qué has dicho? –Kingsley lanzó una furiosa mirada a su hija.

Keira alzó la barbilla.

–Me has oído perfectamente. No haces más que menoscabarle la confianza en sí mismo, igual que has hecho toda la vida conmigo.

Patrizio le cubrió la mano.

–Querida…

Keira volvió el rostro con expresión irritada.

–No te metas en esto, Patrizio. Es un asunto entre mi padre y yo.

–Estás diciendo tonterías, como de costumbre –le dijo Kingsley a Keira.

–Gracias por el apoyo, Keira, pero puedo defenderme yo solo –dijo Jamie al tiempo que clavaba los ojos en su padre–. Estoy haciendo lo que puedo por prepararme para los exámenes finales. Sé que tú y mamá os llevaréis una desilusión si no consigo la nota suficiente para entrar en la facultad de medicina o de derecho, pero ¿se os ha ocurrido pensar que puede que no quiera ser médico ni abogado?

Keira vio que sus padres, horrorizados, intercambiaban una mirada.

–¡Tienes que hacer algo con tu vida! –dijo Kingsley alzando la voz–. No estarás pensando en convertirte en un artista, o algo igualmente inútil, como tu hermana, ¿verdad?

–Keira es una pintora de mucho talento, señor Worthington –intervino Patrizio con calma–. Debería estar orgulloso de ella.

Keira le lanzó una mirada de agradecimiento.

–Es cosa mía lo que decida hacer con mi vida –contestó Jamie.

–¡No lo es si quien paga los estudios soy yo! –exclamó Kingsley.

–No los estás pagando tú, papá –dijo Keira con una mirada retadora–. Es Patrizio quien se está encargando de eso, ¿no?

Kingsley apretó los labios y se levantó de la mesa.

–Ha sido un idiota por admitirte en su casa otra vez –declaró Kingsley–. Tengo ganas de contarle la verdad respecto a tu...

–No, Kingsley –dijo Robyn con una nota de desesperación en la voz–. Por favor...

Keira, muy tensa, vio a su padre abandonar la

mesa y salir del comedor. Luego, tragó saliva al ver el esfuerzo con que su madre se levantó y empezó a recoger los platos.

–Mamá…

Robyn esbozó una valiente sonrisa.

–¿Alguien quiere postre? He hecho tarta de queso y…

–Yo te ayudaré a recoger –dijo Jamie poniéndose en pie.

Bruno le imitó.

–Yo también echaré una mano.

Jamie le dedicó una sonrisa.

–Gracias.

–Cuando estoy en casa, siempre ayudo a mi madre –dijo Bruno mientras salían del comedor.

Patrizio le acarició la cabeza a Keira.

–¿Te encuentras bien?

–No lo sé…

–¿Quieres que vaya a hablar con tu padre?

–¿Para qué? No cambiaría nada. Siempre ha estado en contra de mí –Keira echó la silla hacia atrás y se levantó–. Necesito un poco de aire fresco.

Patrizio la acompañó al jardín. Allí, le rodeó el cuerpo con un brazo y la atrajo hacia sí. Cada vez le costaba más mantener la distancia con ella. Keira había cometido una equivocación, pero ¿quién no lo hacía?

–Patrizio… –le susurró ella acariciándole el pecho con el aliento.

Patrizio le alzó la barbilla con un dedo.

–¿Qué, querida?

–¿En serio te parece que tengo talento para pintar?

Patrizio le acarició la mejilla.

–¿Tanto te importa mi opinión, Keira?

Como era su costumbre, Keira se humedeció los labios.

–Sí, sí es importante.

–Creo que tienes talento para muchas cosas –respondió Patrizio con los ojos fijos en la boca de ella–. La pintura es una de esas cosas.

–¿Para qué otras cosas tengo talento?

Patrizio sonrió.

–Tienes talento para hacer que me pregunte por qué estoy aquí, en casa de tus padres, cuando podría estar en mi propia casa, en la cama, con tu hermoso cuerpo bajo el mío.

Entonces, Patrizio la besó y ella se le entregó totalmente.

–Me vuelves loco –le susurró Patrizio al tiempo que le mordisqueaba el labio inferior.

–Y tú a mí –respondió ella tocándole la punta de la lengua con la suya.

Patrizio, de repente, alzó la cabeza y se apartó ligeramente de ella al ver allí a su sobrino.

–¿Qué quieres, Bruno?

–Solo decirte que no eres el único al que ella desea –dijo Bruno fríamente al tiempo que alargaba una mano con el teléfono móvil de Keira hacia su tío.

Keira se estremeció de pies a cabeza y contuvo la respiración cuando Patrizio, con el teléfono en la mano, examinó los mensajes y apretó los dientes al ver lo que estaba escrito allí.

Después de lo que a Keira le pareció una eternidad, Patrizio desconectó el móvil y se lo dio a Keira con mirada inexpresiva.

–No estoy seguro de que sea buena idea leer o escuchar los mensajes de otras personas –dijo Patrizio–. A veces, pueden malinterpretarse y causar un daño innecesario.

–Te advertí que seguía viéndole –dijo Bruno.

Keira se quedó mirando el teléfono que sujetaba con temblorosas manos, lo abrió y accedió a sus mensajes. Había uno escrito de Garth: *Ven a mi casa el viernes a las cuatro. Garth.*

Keira miró a Patrizio, que la estaba observando.

–No es lo que piensas –dijo ella.

–No, estoy seguro de que no lo es –contestó Patrizio tomándola del brazo para llevarla al interior de la casa, a la mesa en la que Robyn estaba sirviendo el postre.

Los chicos pronto dieron cuenta de la tarta de queso, pero Keira vio que Patrizio estaba distraído y comía a desgana.

–Nosotros llevaremos a los chicos al colegio –le dijo Patrizio a Robyn cuando hubieron acabado el postre.

–Gracias, Patrizio –respondió ella, sonrojándose ligeramente–. Kingsley se ha acostado ya, tenía dolor de cabeza. Como puedes suponer, últimamente está sometido a una gran tensión.

–Gracias por la cena, señora Worthington –dijo Patrizio inmediatamente.

Robyn, con manos temblorosas y ojos sospechosamente brillantes, se puso en pie y comenzó a recoger los platos del postre.

–Creo que he tomado demasiado vino –dijo Robyn con una forzada carcajada–. No debería haberlo hecho, siempre me ha sentado mal el alcohol. A Keira le pasa lo mismo. Como bebamos más de medio vaso, luego no podemos acordarnos de lo que decimos ni de lo que hacemos.

–Patrizio, ¿nos vas a llevar al colegio o no? –preguntó Jamie acercándose a la puerta–. Nos la vamos a cargar si no estamos allí a las diez.

–Bien, vamos –dijo Patrizio.

Robyn continuó recogiendo los platos.

–Vamos, Patrizio, no te preocupes por mí, estoy bien.

–¿Seguro?

Ella sonrió temblorosamente.

–Sí, seguro.

Capítulo 15

DESPUÉS de dejar a los chicos en el colegio, Patrizio guardó silencio unos minutos antes de abordar el tema del mensaje que Keira había recibido de Garth.

–Aunque me disgusta que mi sobrino haya agarrado tu teléfono móvil para ver tus mensajes, me pregunto si no me has mentido respecto a no haber seguido en contacto con Garth Merrick.

–No te he mentido –respondió Keira–. Llevo seis o siete semanas sin ver a Garth.

–Pero has entrado en contacto con él recientemente.

–Sí… quería preguntarle sobre aquella noche. Pensé que me podía ayudar a recordar lo que pasó.

Patrizio respiró profundamente.

–Yo puedo ayudarte a refrescar la memoria. Estabas acostada en su cama desnuda…

–No sigas, por favor –le interrumpió Keira llevándose una mano a los ojos.

–Es verdad, Keira. Dices que no te acuerdas de nada, pero te acostaste con él. Tú misma lo has dicho. No hay duda posible.

–Lo sé… –dijo ella en un ahogado susurro–. Él me lo dijo también a mí.

Patrizio le lanzó una soslayada mirada.

–¿Te dijo lo que ocurrió? ¿Quién empezó?

–¿Qué más da eso? Jamás me lo perdonarás, así que no tiene importancia. Ni siquiera te importa que no pueda recordarlo. En lo que a ti concierne, te traicioné acostándome con otro hombre. Ni siquiera se te ha pasado por la cabeza que pueda haber otra explicación.

–¿Qué otra explicación? –preguntó Patrizio–. Por el amor de Dios, Keira, te vi en su cama.

–Sí, lo sé. Y yo vi las fotos que Rita Favore te envió, pero resultaron ser falsas –observó Keira.

Patrizio paró el coche delante de su casa.

–Si hubiera otra explicación, me gustaría saber cuál es y quién me la va a dar porque, según parece, tú no te acuerdas de nada.

–¿No crees que sea verdad que no me acuerdo? –preguntó ella con creciente angustia–. ¿Te das cuenta de lo horrible que es despertarse en la cama de un amigo y no acordarse de cómo se llegó a ese punto?

Patrizio recordó lo que Robyn Worthington había dicho después de la cena.

–¿Bebiste aquella noche? –preguntó él por fin.

–Bebí algo, pero no mucho. Casi nunca bebo porque el alcohol me produce migraña. Estaba muy disgustada... después de nuestra pelea. Fui a casa de Garth porque quería desahogarme. Estaba empezando a darme una migraña y sabía que si no tomaba alguna pastilla, estaría mala durante días.

–¿Qué tomaste?

Keira frunció el ceño, tratando de recordar.

–No estoy segura... Garth me dio un calmante

que le habían dado cuando se torció un ligamento de la rodilla. Era un calmante muy fuerte porque, al poco de tomarlo, me sentí mareada... pero también podía haber sido debido a que llevaba todo el día sin comer.

–En resumen, que no te acuerdas de cómo acabaste en la cama de Merrick, ¿es eso?

Keira asintió.

Patrizio lanzó un suspiro, salió del coche y la ayudó a salir. Una vez dentro de la casa, él se volvió hacia ella.

–Lo de verle el viernes, ¿es solo porque quieres que te ayude a recordar?

–Sí. Garth se va a ir a vivir a Canadá dentro de un mes más o menos. Cuando le llamé, no parecía entusiasmarle la idea de verme, pero ha debido de recapacitar.

Patrizio la miró intensamente.

–Espero de todo corazón que no me estés mintiendo, Keira.

–No te estoy mintiendo, Patrizio.

–No quiero que vayas sola a su casa. De hecho, te lo prohíbo terminantemente –dijo Patrizio al cabo de unos segundos.

Keira le miró con angustia.

–Patrizio, tengo que ir sola. Garth no consentiría en verme si me acompañara otra persona. A él también le avergüenza lo ocurrido. Se negaría a darme detalles tan íntimos delante de alguien más.

Detalles tan íntimos como su embarazo, pensó ella con suma angustia.

–No vas a ir sin mí.

–No puedes darme órdenes, Patrizio. No voy a consentirlo.

–Eres mi esposa, Keira. No voy a permitir que vayas a la casa de otro hombre sola.

–No puedo dar crédito a mis oídos –respondió ella con furia–. Ya no soy tu esposa, pronto voy a ser tu exesposa.

–Eres mi mujer, Keira, y lo serás hasta que yo lo diga.

Keira le miró con incredulidad.

–¿Qué has dicho?

–He decidido que vamos a seguir casados el tiempo que yo decida –contestó él con decisión.

–Esto es una locura.

–Quizá lo sea, pero estoy disfrutando esta locura –comentó él agarrándola y atrayéndola hacia sí–. Puede que ya no estemos enamorados, pero aún nos deseamos.

–¿Y qué va a decir tu amante cuando se entere? –preguntó ella con mirada colérica.

–Tendrá que aceptarlo –respondió él.

–No te importa herir los sentimientos de ella o de cualquier otra mujer, ¿verdad? Lo único que te importa es lo que tú quieres.

–Lo que quiero es a ti, Keira, y eso es lo único que me importa en estos momentos.

–Lo que quieres es que pague mi infidelidad, eso es lo que quieres –dijo ella con amargura.

–¿Te parece extraño? Fuiste tú quien destrozó nuestro futuro.

–No lo habría hecho si me hubiera sentido más segura en mi matrimonio –contestó Keira.

–Eso es una tontería –dijo Patrizio con enfado–. Estaba trabajando para lograr que nuestra vida tuviera una base sólida, deberías haberte dado cuenta de ello en vez de comportarte como una niña mimada. Te adoraba, Keira. Eras mi vida entera.

Los ojos de ella se llenaron de lágrimas.

–Y tú la mía... Te quería tanto... Aún te quiero.

Al instante, Patrizio la soltó. Su expresión se convirtió en una máscara.

–En ese caso, tienes una forma extraña de demostrarlo.

Keira le miró con expresión atormentada.

–¿Sientes algo por mí, Patrizio... a pesar de lo que hice?

Patrizio tardó unos segundos en contestar y no fue la respuesta que ella esperaba.

–Si lo que quieres es una declaración de amor, vas a llevarte una desilusión –contestó Patrizio–. No siento amor por ninguna mujer y menos por ti. Desde tu infidelidad, mis relaciones han sido puramente carnales, nada más. Debo darte las gracias por la lección; aunque, por supuesto, debería haberla aprendido mucho antes, con lo que hizo mi madre. Mi madre utilizó a mi padre igual que tú lo has hecho conmigo.

A Keira se le encogió el corazón al perder la esperanza.

–Comprendo tu amargura; de haber ocurrido al contrario, yo estaría igual que tú –dijo ella–. Pero... ¿no puedes perdonarme?

–No, no puedo –respondió Patrizio con mirada dura.

–En ese caso, no tiene sentido seguir hablando –dijo ella con un nudo en la garganta.

–¿Es por eso por lo que te has entregado a mí con tanta facilidad? –le preguntó Patrizio tras una tensa pausa–. ¿Para que volviera a aceptarte en mi vida?

Ella le miró con expresión aturdida.

–¡No, claro que no! Me puse en contacto contigo por los chicos.

–¿Lo planeaste con ellos? –preguntó Patrizio con mirada recelosa.

–¿Qué estás diciendo?

–No te hagas la inocente, Keira. Debería haberlo supuesto.

–¿Qué?

La expresión de Patrizio mostró un profundo desdén.

–No te gustaba cómo iba el divorcio, así que decidiste crear una situación que nos obligara a estar juntos con la esperanza de ablandarme para cuando llegara el momento final del divorcio.

–¡Eso no es verdad! ¡Yo no he planeado nada!

–Debo admitir que me impresiona el lavado de cerebro que le has hecho a Bruno –continuó Patrizio–. Desde luego, está representando muy bien su papel.

–Yo no sabía nada del problema de los chicos hasta que mi madre me llamó y me lo dijo –declaró Keira–. Jamie no me había contado nada.

–Vamos, Keira, ¿esperas que me crea eso después del teatro de esta noche?

Confusa, Keira se lo quedó mirando.

–¿Qué teatro?

–Bruno sabía demasiado –contestó Patrizio–. Sabía que habías estado en contacto con Merrick, ¿por qué si no iba a mencionar tu teléfono móvil y luego iba a traérmelo para que viera el mensaje de tu amante?

–Ha debido de sospechar algo. No sé...

–Bruno te quería mucho –continuó Patrizio–. Hasta lo de tu infidelidad, pensaba que tú eras lo mejor de mi vida.

–Lo sé –Keira, avergonzada, bajó la cabeza.

–¿Así que niegas haberte confabulado con los chicos? –preguntó Patrizio después de otro silencio.

–Sí, claro que lo niego. Me sorprendió tanto como a ti que ya no fueran amigos.

Patrizio la miró fijamente durante unos segundos eternos.

–Yo no me he confabulado con nadie, Patrizio –dijo Keira–. ¿Por qué iba yo a pedirle a Bruno que me insultara como lo ha hecho?

–Entonces, ¿crees que se han confabulado ellos solos? –preguntó Patrizio frunciendo el ceño.

Keira bajó la mirada y se mordió los labios.

–No lo sé, aunque es posible. Jamie estaba muy preocupado por mí...

–¿Preocupado? ¿Por qué?

Keira alzó el rostro para mirarle y volvió a bajar los ojos antes de contestar:

–Creo que Jamie pensaba que yo estaba deprimida.

–¿Y lo estabas? –preguntó él suavizando la voz.

–Un poco –confesó ella–. Bueno, bastante...

Patrizio lanzó un suspiro y se pasó una mano por

el cabello. Luego, la miró fijamente a los ojos y dijo:

–Me parece que no eres tan caprichosa y tan rebelde como aparentas. Es una imagen que das con el fin de ocultar tu vulnerabilidad.

Keira se mordió los labios y guardó silencio.

–Quedan tres semanas para que los chicos terminen los exámenes –dijo él–. Tú aún tienes que terminar el proyecto de fin de carrera, que debe de ser bastante difícil. Lo que propongo es que pasemos estas tres semanas haciendo lo que deberíamos haber hecho al casarnos: aprender a convivir.

–¿Y cómo vamos a hacerlo? –preguntó ella.

–Ven aquí y te lo demostraré –los ojos negros de Patrizio la atraían como un imán.

Keira se acercó a él y el corazón empezó a latirle con fuerza en el momento en que se encontró en los brazos de Patrizio. Y tembló cuando los labios de él rozaron los suyos.

Patrizio buscó entrada con la lengua y ella se la franqueó. Patrizio le puso las manos en las nalgas, estrechándola contra su cuerpo, haciéndole sentir su erección, recordándole la pasión que había entre los dos.

Por fin, Patrizio apartó la boca de la suya.

–Creo que deberíamos terminar esto en la cama, ¿te parece bien?

–Sí, me parece bien.

Patrizio la miró fijamente a los ojos.

–¿Me sigues queriendo, Keira?

Ella sonrió con tristeza.

–Sí, aún te quiero.

–En ese caso, suspende tu encuentro con Merrick –dijo Patrizio al tiempo que agarraba el bolso de ella y le daba el teléfono móvil–. Envíale un mensaje diciéndole que no vas a verle… nunca más.

Keira titubeó.

–Hazlo, Keira –le ordenó Patrizio–. Si algún periodista se enterase de que aún te ves con tu amante, nuestra farsa saldría a la luz. Hazlo.

Keira tecleó el mensaje y lo envió.

–¿Satisfecho? –preguntó ella.

–No del todo –Patrizio la alzó en sus brazos–. Pero la noche es joven aún.

Capítulo 16

TRES SEMANAS más tarde, Patrizio apartó la mirada del periódico cuando Keira entró en la cocina.

–¿No te encuentras bien, querida? Estás un poco pálida.

Ella le dedicó una sonrisa.

–Ya sabes que no me gustan demasiado las mañanas.

Patrizio se levantó del taburete y, colocándole ambas manos en las mejillas, le dio un beso en la frente.

–Cuídate –dijo él–. Solo te queda una semana más y todo habrá acabado.

A Keira le dio un vuelco el corazón.

–¿Qué es lo que habrá acabado?

Patrizio sonrió irónicamente.

–¿Se te ha olvidado la exposición de fin de carrera?

–Ah... eso.

Patrizio le puso un dedo en la barbilla y se la alzó.

–¿Qué te pasa? Últimamente, te veo preocupada. ¿Estás disgustada conmigo por algo?

–No –respondió Keira.

Durante las tres últimas semanas, Patrizio había sido encantador con ella. Se le había ocurrido incluso que él pudiera haberse vuelto a enamorar de ella; pero si era así, no lo había dicho. Necesitaba saber lo que Patrizio sentía con el fin de poder confesarle que estaba embarazada, pero no quería destruir el frágil bienestar del que gozaban juntos.

–Entonces, ¿qué te pasa? –insistió él.

–Solo quiero que me quieras –dijo Keira–. ¿Es pedir demasiado?

Patrizio se apartó de ella dando un paso atrás.

–Sí, lo es.

–¿Es que estas tres últimas semanas no han significado nada para ti? –preguntó Keira con desesperación–. Hemos estado muy bien y lo sabes.

–Para, Keira.

–No quiero que nos divorciemos –Keira no pudo evitar echarse a llorar.

–Lo que te pasa es que estás nerviosa por la exposición. Te encontrarás mejor cuando pase todo.

–¡Maldita sea! Estoy así porque estoy embarazada.

Keira no había tenido intención de decírselo a bocajarro, pero ya estaba hecho.

–¿De cuántas semanas? –preguntó Patrizio.

–No lo sé con seguridad, pero llevo sin el periodo... tres meses más o menos.

Se hizo un tenso silencio.

–¿Es mío? –preguntó Patrizio por fin.

Keira tragó saliva y se obligó a mirarle a los ojos.

–No... estoy segura. Pero creo que sí, que es tuyo.

Keira observó los cambios de expresión del rostro de Patrizio: incredulidad, cinismo y una momentánea inseguridad que ocultó al instante.

–¿Hay alguna forma de averiguarlo? –preguntó él.

Keira apretó los labios mientras intentaba contener las lágrimas.

–Sí... He leído que hay una prueba para establecer la paternidad que, además, se utiliza para ver si el feto tiene algún problema; sin embargo, en algunos casos, la prueba puede ocasionar un aborto.

Patrizio se pasó la mano por los cabellos y comenzó a pasearse por la cocina.

–En ese caso, olvídalo. Jamás me perdonaría a mí mismo que se produjera un aborto por saber si soy el padre o no.

Patrizio dejó de pasearse y la miró fijamente antes de preguntar:

–¿Qué vas a hacer?

–¿Qué quieres decir con eso de qué voy a hacer? –preguntó ella preocupada.

–¿Vas a abortar?

Keira tragó saliva.

–¿Estás sugiriendo que lo haga?

–Es decisión tuya, por supuesto.

–No quiero hacerlo. Por favor, Patrizio, no me pidas que lo haga.

–Yo no te voy a pedir nada semejante.

–Pero no quieres tener un niño, ¿verdad? –preguntó ella–. Aunque fuera tuyo, no querrías, ¿verdad?

–¿Desde cuándo sabes que estás embarazada?

Keira se mordió los labios.

–Empecé a sospecharlo la semana que me vine a vivir aquí; pero saberlo con certeza... desde hace tres semanas.

Patrizio la miró prolongada y silenciosamente antes de romper el silencio.

–Lo has planeado todo muy bien, ¿verdad, Keira? Una breve reconciliación, una declaración de amor y luego la noticia de tu embarazo para obligarme a aceptarte en mi vida con carácter permanente.

–Yo no he planeado nada.

–Me cuesta creer eso –respondió Patrizio–. ¿Por qué no me dijiste que estabas embarazada en el momento que lo supiste? Has tenido muchas oportunidades para hacerlo.

–Me preocupaba tu reacción.

–Esconder la cabeza en la arena no es forma de solucionar una situación como esta, Keira. Debías de sospechar que estabas embarazada antes de venir aquí.

–Creía que no me venía el periodo por la gripe – dijo ella.

–En cualquier caso, no voy a aceptar a ese niño hasta que no se demuestre que es mío –declaró Patrizio.

Keira empezó a perder la compostura.

–No puedo creer que seas tan cruel. ¿Te das cuenta de lo que esto es para mí?

–De lo que me doy cuenta es de que te preocupa tu futuro.

–¡Esto no es una cuestión de dinero, Patrizio!

–Entonces, ¿qué es?

–Es qué va a pasar con nosotros... y con el niño.

–Lo tienes todo bien pensado, ¿eh?

Keira le lanzó una colérica mirada.

–Esta es la razón por la que no me atrevía a decírtelo antes. Quería esperar a que se hubieran arreglado las cosas entre nosotros para decírtelo... Esperaba que te hiciera feliz...

«Esperaba que me quisieras y que también quisieras tener un hijo, independientemente de quién es el padre», pensó Keira.

–Pides demasiado, Keira –dijo Patrizio fríamente.

–Sí, supongo que sí –dijo ella con los ojos empañados por las lágrimas–. Y no me quieres y nunca me querrás.

Tras esas palabras, Keira se dio media vuelta y salió de la cocina.

–¿A que no sabes una cosa? –Harriet Fuller le dijo a Keira la noche de la inauguración de la exposición.

–¿Qué?

–Todos tus cuadros tienen la etiqueta de «vendido» –la informó Harriet con entusiasmo–. Todos.

Keira, perpleja, miró en dirección al lugar donde estaban sus cuadros y comprobó la veracidad de aquellas palabras. Todos estaban vendidos.

–¿Sabes quién los ha comprado? –preguntó Keira a Harriet.

–Ese hombre que está ahí –Harriet señaló a un hombre de unos cuarenta años que estaba pagando con una tarjeta de crédito–. ¿Le conoces?

Keira no se había dado cuenta hasta ese momento de que, subconscientemente, había albergado la esperanza de que Patrizio se los hubiera comprado. Sin embargo, aquel hombre era un desconocido.

–No, no le conozco –le respondió a Harriet–. ¿Quién es, un coleccionista de arte?

–No lo sé –contestó Harriet–. De todos modos, qué más da. Has causado tanto revuelo... todo el mundo quiere entrevistarte.

Keira estaba disfrutando con su éxito, pero según transcurrían las horas empezó a sentirse cansada.

–¿No han podido venir ni tu marido ni tus padres? –preguntó Harriet casi al final de la fiesta de inauguración.

Keira sacudió la cabeza tristemente.

–No. Patrizio está de viaje de negocios. Y mis padres... en fin, digamos que esto les escandalizaría. Mi padre piensa que estos sitios están llenos de drogadictos o gente por el estilo.

–En ese caso, será mejor que no les menciones a Devlin Prosserton –le advirtió Harriet, refiriéndose a un compañero suyo de curso que tenía fama de dar fiestas infames.

–Tienes razón, no lo he mencionado –dijo Keira–. En fin, estoy agotada. Creo que me voy a ir a casa y voy a dormir una semana entera.

–Keira, tiene una visita –anunció Marietta a la mañana siguiente–. Está esperándola en el salón.

Keira bajó y encontró a su madre sentada en uno de los sofás.

–Mamá, qué sorpresa. Iba a ir hoy a verte para contarte...

–Keira... –Robyn se puso en pie–. Por favor, hija, espera. Antes... tengo que contarte algo.

Keira se la quedó mirando con aprensión.

–Hija, he sido muy dura contigo respecto a tu desliz con Garth –añadió Robyn con expresión de pesar–. La verdad, es que he sido una hipócrita porque yo... le hice lo mismo a tu padre al principio de estar casados.

Keira abrió desmesuradamente los ojos.

–¿En serio?

Robyn asintió con las mejillas enrojecidas visiblemente.

–Tuve una breve aventura con un viejo amigo... un pintor.

–¿Quieres decir que... que no soy hija de papá?

–Claro que eres su hija, Keira, de eso no hay ninguna duda –contestó Robyn–. Debo confesar que, al principio, lo dudé, pero luego supe con certeza que eras hija suya. Tu padre estaba furioso conmigo, como puedes imaginar, pero se reconcilió conmigo y me ayudó durante el embarazo, que fue muy difícil. Siempre le estaré agradecida por lo que hizo.

–Pero papá no me quiere.

–Eso no es verdad –insistió Robyn–. Ya sé que es un cabezota y siempre le ha costado expresar sus sentimientos, pero te quiere.

Keira frunció el ceño.

–Mamá, ¿por qué me estás contando esto ahora?

–Quería aclarar algunas cosas contigo –respondió Robyn–. Sé que tú y yo hemos discutido mucho, y creo que es más bien culpa mía. He estado pensando mucho en ello últimamente y creo que es por eso por lo que he venido a hablar contigo. No quiero que cometas con Patrizio el mismo error que yo cometí con tu padre. Patrizio es un hombre fuerte, decidido y muy orgulloso.

–Sí, lo es.

–Eres feliz con él, ¿verdad, querida? –preguntó Robyn–. He estado muy preocupada por ti. No quiero que sufras.

–Oh, mamá... –Keira abrazó a su madre, pensando que ojalá pudiera decirle que ella también estaba embarazada y que no estaba segura de quién era el padre.

Robyn comenzó a sollozar.

–He sido una mala madre, Keira. Y por mucho que lo intento, no sé cómo hacer mejor las cosas.

–No te preocupes, mamá –Keira le acarició la espalda a su madre–. Me alegro de que hayamos podido hablar.

Robyn se secó los ojos con un pañuelo de celulosa.

–Bueno, me has dicho que querías decirme algo. ¿Qué es? –preguntó Robyn.

Keira respiró profundamente y contestó:

–Estoy embarazada.

–¡Cariño! –Robyn la abrazó otra vez–. No sabes cuánto me alegro por ti. Es exactamente lo que tú y Patrizio necesitáis. ¿Se lo has dicho ya?

–Sí, lo ha hecho –dijo Patrizio desde la puerta.

Keira se volvió y le miró.

–No... no sabía que ibas a volver hoy.

–Ven aquí y dame un beso, querida –ordenó él–. Tu madre no se va a ofender, ¿verdad, señora Worthington?

–Claro que no. Y, por favor, deja de hablarme de usted. Me llamo Robyn.

–Muy bien, Robyn –dijo Patrizio antes de darle un beso a Keira en los labios–. ¿Cómo te encuentras, cariño?

–Bien...

–Bueno, será mejor que me vaya –dijo Robyn–. Kingsley se va a preocupar si no voy enseguida, no sabía que venía.

–Te acompaño hasta el coche –dijo Keira.

–No es necesario –contestó su madre–. Quédate con Patrizio.

Una vez que Robyn se hubo marchado, Keira se apartó ligeramente de Patrizio.

–Deberías haberme avisado de que venías hoy –dijo ella–. Le he dado la tarde libre a Marietta y solo tenemos restos de comida para cenar.

–¿No deberías alimentarte bien? –preguntó él.

–Y tú, ¿no deberías alegrarte de que fuera desvaneciéndome poco a poco? ¿No te facilitaría eso las cosas?

–¿Por qué?

–De esa manera, te podrías deshacer de mí y del bebé. Es lo que quieres, ¿no?

–Pareces muy segura de ello.

–¿Has cambiado de idea? –preguntó Keira mirándole a los ojos.

Patrizio le mantuvo la mirada.

–Mientras estaba de viaje de negocios, he pensado bastante... Estoy dispuesto a continuar contigo indefinidamente, por el niño.

–Entonces, ¿reconoces la posibilidad de que sea tuyo? –preguntó Keira.

–Preferiría saberlo con seguridad; sin embargo,

este es un momento difícil para ti y te ofrezco mi apoyo; sobre todo, teniendo en cuenta que Merrick se marcha del país dentro de una semana aproximadamente.

Keira apretó los labios con enfado.

–No vas a perdonármelo nunca, ¿verdad?

–Lo siento, no debería haber dicho eso. Especialmente, ahora que sé con certeza que no te has visto con Merrick mientras yo estaba fuera.

Keira se lo quedó mirando con asombro.

–¿Cómo sabes que no le he visto?

–Porque he hecho que te siguieran mientras estaba en Sydney.

–¡Qué!

–Quería saber si cumplirías tu palabra.

Keira se enfureció.

–¡Cómo te atreves!

–Me atrevo porque quiero estar seguro de ti. Y continuaré vigilándote hasta que llegue el momento en que sienta que puedo confiar en ti.

–Lo siento, pero no voy a participar en semejante farsa –le dijo ella furiosa–. Una vez que pase esta semana y que los chicos hayan acabado los exámenes, me marcharé de aquí y no volveré jamás.

–Eres la mujer más exasperante que he conocido en mi vida –gruñó Patrizio–. He vuelto decidido a solucionar nuestras diferencias y tú estás haciendo lo posible por estropearlo todo otra vez. Dices que me quieres; bueno, quizá, con el tiempo, recupere mi amor por ti.

–Pero no es seguro, ¿verdad?

–Nada es seguro en la vida, Keira. De todos modos, llevo siete días que en lo único que puedo pensar es en ti. No sabes cuánto te he echado de menos durante el tiempo que he estado fuera, Keira.

–Yo también te he echado de menos –dijo ella pegándose al pecho de Patrizio–. Esperaba que vinieras a mi exposición, pero…

–Lo intenté, pero ocurrió un contratiempo y tuve que retrasar la vuelta. Siento no haber ido, pero envié a alguien en mi nombre, ¿no te lo dijo?

Keira parpadeó.

–No, no lo sabía.

–Le encargué que comprara todos tus cuadros. Lo menos que podía haber hecho era decírtelo.

–Ah… así que fuiste tú…

–Claro que fui yo, querida. Al fin y al cabo, tengo que decorar muchas casas, ¿no? Pensé que sería una buena forma de darte a conocer como pintora.

–Ha sido un gesto muy generoso por tu parte, teniendo en cuenta lo que opinas de mí…

Patrizio le alzó la barbilla con un dedo.

–Lo único que sé es que quiero tenerte en mis brazos. Con nadie me siento tan bien como contigo.

«Pero no me amas», pensó Keira al entregarse a su beso.

Capítulo 17

QUÉ TAL te ha salido el último examen? –le preguntó Keira a Jamie al final de la semana siguiente.

–Creo que bien. Me alegro de haber terminado –respondió Jamie revolviendo su batido de leche con la pajita.

–¿Qué tal con Bruno?

–Bien. Tan pronto como se enteró de que estabas embarazada, creo que se ha convencido de que todo marcha bien entre tú y Patrizio.

–Menos mal –dijo Keira–. De todos modos, Jamie, no comprendo por qué esperaste tanto tiempo para hablarnos de los problemas que tenías con él. ¿Por qué?

–Bueno… –dijo Jamie bajando la mirada.

–¿Qué pasa, Jamie?

–Se supone que no debería decirte nada.

–¿Decirme qué?

Jamie no pudo evitar sonreír.

–Es verdad que Bruno y yo estábamos algo más distanciados desde que tú y Patrizio os separasteis, pero al final solucionamos nuestras diferencias. Desde luego, no nos enfadamos tanto como para que hubiera peligro de que nos expulsaran.

Keira se quedó boquiabierta.

–¿Quieres decir que ha sido una farsa?

–Sí –respondió Jamie con honestidad.

Keira se recostó en el respaldo del asiento.

–¿De cuál de los dos fue la idea?

–De ninguno de los dos.

–Entonces, ¿de quién?

–He prometido no decírtelo.

Keira, inclinándose hacia delante, le agarró la muñeca.

–Jamie, tienes que decírmelo. ¿Fue Patrizio?

Jamie negó con la cabeza.

–¿Mamá?

Jamie volvió a sacudir la cabeza.

–¿Papá?

–No, y deja de preguntármelo porque no te lo voy a decir.

Keira le soltó la muñeca.

–No se me ocurre quién más puede haber sido –dijo ella frunciendo el ceño.

–Evidentemente, alguien que no quería que os divorciarais –declaró Jamie.

–¿Quién, entonces? ¿Por qué no puedes decírmelo? Es muy importante, Jamie.

–¿Por qué es importante? –preguntó él–. Ya estáis juntos otra vez, eso es lo único que importa.

Los chicos ya habían acabado los exámenes y, además, Keira estaba cansada de fingir ser feliz cuando no lo era. Lo confesó todo.

–Lo que más deseo en el mundo es tener este hijo –concluyó Keira–, el pobre no tiene la culpa de nada. Pero Patrizio no me ama.

–Eso no es verdad, Keira. Patrizio te quiere, de eso no me cabe la menor duda.

Keira sacudió la cabeza con tristeza.

–No, no me quiere, Jamie. Me lo ha dicho. No me ha perdonado lo ocurrido aquella noche. Y ahora que no estoy segura de quién es el padre del niño, creo que jamás me perdonará.

–¿Y qué vas a hacer?

Keira lanzó un suspiro.

–No lo sé. Patrizio me ha ofrecido seguir casado conmigo por el bebé, pero yo no quiero vivir con un hombre que no confía en mí. No lo soportaría.

–Te ha pasado lo mismo que a mamá, ¿eh?

Keira miró a su hermano a los ojos.

–¿Sabías eso?

Jamie asintió.

–Sí, hace unas semanas les oí discutiendo sobre ese asunto.

Keira volvió a suspirar.

–Ahora comprendo por qué papá siempre ha sido tan duro conmigo. Supongo que, en el fondo, no ha podido evitar dudar que fuera hija suya. Tengo miedo de que pase lo mismo con mi bebé.

–Pero podría ser de Patrizio, ¿no? –dijo Jamie.

–Sí. Está esperando a que me hagan la prueba de ultrasonido con el fin de tener una idea más clara sobre cuándo me quedé embarazada. Tengo una cita con el ginecólogo y Patrizio me va a acompañar.

Jamie se quedó pensativo unos momentos.

–¿Le has dicho a Garth lo del embarazo?

–Sí.

–¿Y qué ha dicho él?

–Ha dicho que no cree que sea suyo.

–En ese caso, vas a tener que encontrar la forma de convencer a Patrizio de que él es el padre.

–Sí, ¿y cómo?

Jamie se quedó pensativo y Keira agarró la cuenta de la cafetería.

–Bueno, será mejor que nos vayamos ya. Tengo que volver a casa –dijo Keira–. Patrizio ha invitado a su hermana Gina y a Bruno a cenar esta noche y no quiero llegar tarde.

–Hola, Keira –dijo Gina acercándose a Keira para darle un beso en la mejilla–. Estoy encantada de verte otra vez. No sabes lo que me alegro de que Patrizio haya suspendido la petición de divorcio.

–Gracias, Gina. Yo también me alegro de verte.

–Y enhorabuena por el embarazo –añadió Gina–. ¿Cómo te encuentras?

Keira hizo lo posible por ignorar el dolor que había empezado a sentir en el vientre aquella tarde después de volver a la casa mientras hablaba con Patrizio y le contaba lo que Jamie le había dicho respecto a su falsa extrema enemistad con Bruno.

–Estoy algo cansada, pero es normal –respondió Keira.

–Bruno, saluda a tu tía –le dijo Gina a su hijo.

Bruno se acercó a Keira con expresión titubeante.

–Hola, Keira.

–No te preocupes –le dijo Keira en voz baja mientras Gina cruzaba el salón para aceptar la copa que su hermano le había preparado–. Jamie me ha contado lo que habéis hecho.

–Siento haberme excedido –dijo Bruno–. Quería ser convincente delante de mi tío.

–Y lo has sido, no te quepa duda de ello –respondió Keira–. No obstante, como dije aquella noche que fuimos a cenar a la pizzería, cometí un error del que siempre me arrepentiré.

–El tío Patrizio te ha perdonado y eso es lo que importa –contestó Bruno–. Yo estoy dispuesto a hacer lo mismo.

–Gracias, Bruno. Te lo agradezco sinceramente.

Patrizio alzó su copa a modo de brindis mientras se acercaba a su esposa y a su sobrino.

–Por el fin de curso –dijo Patrizio.

Keira fue a por su copa, que había dejado encima de una mesa de centro, pero se desplomó en el suelo al sentir una intensa punzada de dolor en el vientre.

–¡Keira! –Patrizio se arrodilló a su lado al instante, su expresión era de suma preocupación–. Keira, ¿qué te pasa?

Ella, con expresión de pánico, se agarró el vientre.

–Creo que… lo voy a perder…

–¿Al bebé?

Keira asintió conteniendo un grito de dolor.

–Voy a llamar a una ambulancia –dijo Gina corriendo hacia el teléfono mientras llamaba a Marietta a gritos–. ¡Marietta! Unas toallas, rápido.

Patrizio llevó a Keira a un pequeño dormitorio que había al lado de su estudio y su expresión fue de horror al verse las manos manchadas de sangre.

–Oh, Dios mío...

Keira cerró los ojos.

–No, no...

–Tranquila, cariño –dijo Patrizio acariciándole la frente–. No hables. Enseguida vendrá la ambulancia y te llevaremos al hospital. Tranquila, tesoro, tranquila...

El médico apareció en la sala de espera donde se encontraban Patrizio, Gina y Bruno.

–Señor Trelini...

–¿Cómo está mi esposa? –preguntó Patrizio con el rostro pálido como la cera.

–Está bien y el feto también está bien –respondió el doctor Channing–. Su esposa está embarazada de dieciséis semanas, por lo que estará completamente fuera de peligro en una o dos semanas más. Creía que lo iba a perder, pero ha dejado de sangrar y, siempre y cuando descanse durante las dos próximas semanas, todo irá bien.

Patrizio, abrumado, se quedó en silencio delante del médico.

–¿Se encuentra usted bien? –le preguntó el doctor al ver su extrema palidez.

Patrizio tragó saliva.

–Sí... sí, estoy bien. No sabía que estuviera embarazada de... de tanto tiempo.

–Bueno, es difícil establecer el tiempo del embarazo hasta que no se hace la prueba de ultrasonido.

–¿Puedo verla?

–Está ligeramente sedada –respondió el doctor

Channing–. Pero sí, puede verla. Al parecer, llevaba algún tiempo sintiéndose mal. El análisis de sangre muestra que ha sido atacada por un virus no hace mucho. ¿Ha tenido gripe últimamente?

Patrizio se avergonzó de sí mismo por no haberse dado cuenta de lo enferma que Keira había estado.

–Sí, así es.

–Está baja de hierro –le informó el médico–. He pensado en hacerle una transfusión de sangre, pero con buena alimentación y descanso no será necesario. Los tres primeros meses del embarazo son los más difíciles.

–Gracias –dijo Patrizio–. Yo cuidaré bien de ella.

El médico sonrió.

–Es una mujer muy afortunada. Veo demasiadas mujeres sin el apoyo de un marido en momentos tan difíciles como estos. Les deseo lo mejor.

Las palabras del médico se le clavaron a Patrizio en el pecho. Él no había apoyado a Keira cuando le había necesitado más que nunca. Keira llevaba ya dos semanas embarazada cuando aquella horrible pelea tuvo lugar.

–Nosotros nos vamos a casa –dijo Gina tocándole el brazo–. Si necesitas algo, no tienes más que llamarnos.

Patrizio miró a su hermana y a su sobrino y forzó una sonrisa.

–Gracias por acompañarme. Os lo agradezco de verdad.

–No digas tonterías –dijo Gina–. Pero ahora, es a ti a quien Keira necesita.

Patrizio lanzó un suspiro.

–Sí, lo sé.

–Keira, ¿me oyes? –preguntó Patrizio.

Keira murmuró algo incomprensible, pero no abrió los ojos.

–Te amo, tesoro mío –dijo él acariciándole el rostro con las yemas de los dedos–. He sido un imbécil. Nunca he dejado de quererte.

–¿Garth?

Patrizio se quedó helado.

–¿Eres tú? –dijo ella moviendo la cabeza a derecha e izquierda, aún sin abrir los ojos–. Estaba esperándote...

Patrizio retiró las manos de ella y se separó de la cama con profunda desesperación. Keira estaba inconsciente y, sin embargo, había mencionado el nombre de Garth Merrick. ¿No explicaba eso todo lo que necesitaba saber? Él jamás sería la persona a quien Keira acudiera en los momentos difíciles.

Capítulo 18

KEIRA se despertó cuando una simpática enfermera le dijo:

–Señora Trelini, sus padres están aquí. ¿Le apetece verlos o prefiere que les diga que está durmiendo?

Keira se incorporó en la cama con gran esfuerzo.

–Sí, dígales que pasen.

–¡Pobre hija mía! –exclamó Robyn al entrar en la habitación y acercarse a la cama de Keira para darle un tierno abrazo–. Patrizio nos ha llamado para decirnos que estabas en el hospital. ¿Cómo te encuentras? ¿Y el niño?

–Los dos estamos bien, mamá –respondió Keira apretando la mano de su madre.

Su padre se le acercó y le puso una mano en el hombro.

–Keira... –Kingsley tragó saliva–. Keira, hija, he sido un estúpido. Tu madre me ha dicho que habéis hablado y... No sé qué decir, excepto que te quiero y que espero que te recuperes lo antes posible.

Keira extendió los brazos hacia él y encontró consuelo en el abrazo de su padre. Luego, cuando se separaron, le conmovió ver el brillo de sus ojos.

–¿Cuándo te van a dar el alta? –le preguntó su madre.

–No estoy segura. Creo que mañana.

–En ese caso, nos vamos para que descanses –dijo su padre–. Patrizio está ahí fuera. Llámanos si necesitas algo. Y cuando te encuentres mejor, prepararemos una parrillada en el jardín o algo.

Keira sonrió a su padre.

–Estupendo, papá.

Kingsley se agachó para besarla en la cabeza.

–Cuídate mucho, princesa.

–Lo haré.

Patrizio parecía agotado y decaído cuando entró en la habitación después de que sus padres se marcharan.

–Creía que ibas a morir –dijo él–. No puedo perdonarme no haberte cuidado mejor.

Keira le agarró la mano y se la llevó al vientre.

–Es tuyo, Patrizio –dijo ella con voz queda–. El bebé es tuyo.

–Lo sé –Patrizio tragó saliva–. El médico me ha dicho que estás embarazada de cuatro meses. ¿Podrás perdonarme?

Keira parpadeó para contener las lágrimas.

–No tengo nada que perdonarte. Tú no has hecho nada malo. Fui yo, ¿o se te ha olvidado?

Patrizio apartó la mano y comenzó a pasearse por la habitación. Al cabo de unos segundos, se volvió a ella y la miró fijamente.

–No quiero que nos divorciemos, pero voy a poner una condición, que jamás veas ni hables ni menciones el nombre de Garth Merrick.

–Si es eso lo que quieres…

–Es un requisito indispensable para evitar el divorcio, Keira –dijo él–. No quiero vivir el resto de nuestras vidas bajo el espectro de ese hombre.

–Lo comprendo.

–No estoy dispuesto a perderte otra vez –dijo Patrizio con voz ahogada por la emoción–. Te quiero demasiado.

Keira respiró profundamente.

–¿Lo dices porque ahora ya estás seguro de que fuiste tú quien me dejó embarazada?

Patrizio frunció el ceño.

–No, claro que no. ¿Cómo se te puede ocurrir semejante cosa?

–Porque me has dicho muchas veces que ya no me querías –respondió ella–. También has dicho que nunca me perdonarías, que había destrozado nuestro matrimonio.

Patrizio se pasó una mano por el cabello.

–Sé lo que he dicho, pero la verdad es que quiero que vuelvas a mi lado.

–¿Por el niño?

–Keira, aunque no fuera mi hijo habría querido que te quedaras conmigo –insistió él–. Iba a decírtelo anoche, cuando Gina y Bruno se marcharan.

Keira quería creerle, pero no podía estar segura de la veracidad de las palabras de él. Además, el hecho de que Patrizio le prohibiera siquiera mencionar el nombre de Garth indicaba que no la había perdonado.

–¿Me quieres de verdad? –preguntó ella con voz apenas audible.

Patrizio se sentó en el borde de la cama, le agarró una mano y se la besó.

–Te adoro, mi vida. Te necesito. Las últimas horas han sido un infierno para mí pensando que iba a perderte para siempre. Pero esto ha hecho que me diera cuenta de muchas cosas, como acusarte de esconder la cabeza en la arena cuando yo estaba haciendo lo mismo.

A Keira se le llenaron los ojos de lágrimas mientras Patrizio le besaba los dedos de la mano.

–Estoy deseando que vuelvas a casa –añadió Patrizio–. He estado hablando con el médico mientras tus padres estaban aquí y me ha dicho que puedes volver a casa mañana por la mañana.

Cuando Patrizio fue a recogerla a la mañana siguiente, Keira se dio cuenta de que pasaba algo. Él le dio un beso, pero fríamente y, mientras la llevaba al coche para ir a la casa, apenas le dirigió la palabra.

–¿Qué ocurre? –preguntó ella una vez que hubieron emprendido el trayecto.

–Me parece que no has visto el periódico esta mañana –respondió él con voz gélida.

–No…

Patrizio respiró profundamente y, echando una mano hacia el asiento de atrás, agarró un periódico y se lo dio.

–¿Hablaste con alguien sobre las dudas que tenías de que yo no fuera el padre del niño? –preguntó él.

Keira leyó la portada del periódico y exclamó:

–¡No, no es posible!

–¿Se lo dijiste a alguien… o no te acuerdas?

Keira empalideció al instante por el significado latente de esas palabras.

–Lo siento… lo siento… –dijo ella mordiéndose los labios.

Patrizio dejó escapar un suspiro.

–Olvídalo, Keira. Es lo que ambos tenemos que hacer, olvidarlo.

–Marietta te ha hecho un caldo de pollo –dijo Patrizio una vez que estaban en la casa–. Le diré que te lo suba a la cama.

–Gracias.

–Hasta que te encuentres mejor, dormiré en una de las habitaciones de invitados –dijo Patrizio tras una breve pausa–. El médico ha dicho que necesitas descansar.

Keira sintió una profunda tristeza e intentó sonreír mientras se encaminaba hacia las escaleras.

–Espera, Keira.

Patrizio se acercó a ella y, tomándola en sus brazos, la subió hasta la habitación y la tumbó en la cama con sumo cuidado.

–Y ahora, descansa –dijo él con voz carente de emoción–. Yo tengo que ir a la oficina a recoger algunas cosas, pero volveré dentro de una hora o un poco más.

Keira le vio partir, deseando algo que no tendría jamás…

Que Patrizio confiara en ella.

Una hora después de que Patrizio se marchara, Marietta apareció en la habitación con cara de preocupación.

–Keira, tiene una visita, pero no estoy segura de que al señor Trelini le haga gracia –dijo Marietta.

–¿Quién ha venido?

–Garth Merrick.

Keira se incorporó hasta sentarse en la cama.

–Hágale pasar, Marietta. Me gustaría hablar con él.

–El señor Trelini me ha dicho que nunca permitiera…

–El señor Trelini no está aquí en estos momentos y, si yo quiero ver a alguien, él no puede impedírmelo –dijo Keira con decisión–. Además, tengo algo importante que decirle.

Marietta lanzó un suspiro, se marchó y, al cabo de un minuto, volvió con Garth.

–Esperaré ahí fuera por si me necesita –dijo Marietta a Keira.

–Gracias, Marietta; pero, si no le importa, preferiría que nos dejara a solas tranquilamente.

Marietta lanzó a Garth una gélida mirada y se marchó.

–Tenía que verte antes de marcharme, Keira –dijo Garth una vez que se encontraron a solas.

–No eres tú el padre, Garth –declaró Keira sin

preámbulos–. Ya estaba embarazada cuando fui a tu casa aquella noche. Estaba embarazada de dos semanas.

–Lo sé. Por eso precisamente he venido. Tengo que confesarte algo que te va a... a sorprender.

Keira guardó silencio.

–Keira, me gustaría hablarte de la persona de la que estoy enamorado.

–Me alegro mucho por ti, Garth. Y me alegro de que te vayas a Canadá, sé que siempre te ha gustado mucho viajar y...

–Keira –dijo Garth, interrumpiéndola–, deja que te explique... Verás, durante la adolescencia, lo pasé mal. Tú eras mi mejor amiga y te lo contaba todo... excepto una cosa que jamás te conté, una cosa que nunca le conté a nadie.

Keira, inconscientemente, contuvo la respiración.

Garth la miró fijamente a los ojos.

–He pasado años fingiendo ser alguien que no era, pero ya no puedo seguir fingiendo.

Keira frunció el ceño, intentando comprender algo que escapaba completamente a su entendimiento.

–Keira, estoy profundamente enamorado de una persona, enamorado como quería estarlo de ti, pero no podía. La persona de la que estoy enamorado es... es un hombre.

Keira abrió los ojos desmesuradamente.

–¿Estás diciendo que eres... que eres homosexual?

Garth asintió.

–Lo sé desde que tenía catorce años. Aún no se lo

he dicho a mis padres. Ya puedes imaginar lo que van a pensar. Por eso es por lo que voy a marcharme a Canadá. No soportaría decirles a mis padres, a la cara, que soy homosexual.

–Pero ¿entonces? –Keira se humedeció los labios–. ¿Qué pasó aquella noche? ¿Por qué te acostaste conmigo?

Garth la miró con profunda agonía.

–No nos acostamos juntos, Keira.

Ella se quedó helada.

–¿Quieres decir que no hubo sexo entre los dos?

Las mejillas de Garth se encendieron.

–No, no hubo nada entre los dos. Tú vomitaste y te manchaste toda la ropa y yo te llevé a la ducha y luego te llevé a mi cama; después, puse tu ropa en la lavadora. Como no tenía otro sitio donde acostarme, me acosté en la misma cama. Eso es todo.

–Pero tú dijiste que...

–Sé lo que dije. Cuando Patrizio apareció, estaba enfadado con él por haberte hecho sufrir con su supuesta infidelidad. Dos días después me enteré de que él no te había sido infiel, pero ya era demasiado tarde.

–Pero... pero... ¿Por qué no dijiste nada luego? –preguntó Keira–. ¿Por qué me has dejado creer todo este tiempo que me había acostado contigo?

–Me pareció que te hacía un favor –contestó Garth–. Aquella noche, estabas muy disgustada. Me dijiste que odiabas a Patrizio y que querías divorciarte de él. Al cabo de unos días, cuando tuve tiempo de pensarlo mejor, me di cuenta de que debías de haber dicho eso porque estabas muy enfadada en aquel momento; sin embargo, cuando los periódicos empezaron a escribir sobre el asunto, me resultó imposible retractarme de lo que había dicho que había ocurrido.

–¿Por qué no pudiste hacerlo? –preguntó ella sin comprender.

Garth le lanzó una mirada agonizante.

–Keira, mi padre me había prometido darme dinero para montar mi negocio de diseño de muebles, era una oportunidad maravillosa para exportar mis diseños. Sabía que si mi padre se enteraba de que yo era homosexual, no me daría ni un céntimo. Los periódicos me hicieron un favor al decir que yo era tu amante.

–¿Y qué hay de lo que los periódicos me hicieron a mí?

Garth tragó saliva.

–Lo sé, Keira. Pero solo me di cuenta de ello al cabo de unos días. Al igual que tú, yo estaba convencido de que Patrizio te había sido infiel. Creía que te estaba ayudando a darle una lección.

Keira intentó asimilar lo que Garth le había dicho.

–Así que yo no hice nada contigo... –dijo ella con voz distante–. Yo no le he sido infiel a Patrizio, a pesar de llegar a odiarme a mí misma por creer que sí lo había sido.

–Por favor, Keira, perdóname –dijo Garth–. Me he portado como un cobarde, pero todo va a cambiar a partir de ahora. He hablado con mi novio, Mark y, una vez que celebremos la ceremonia en Canadá, se lo vamos a decir a mis padres. Mark también me ha ayudado a reconocer que tenía que aclarar las cosas contigo. Por eso se me ocurrió la idea de ponerme en contacto con Jamie y Bruno.

Keira abrió mucho los ojos.

–¿Fuiste tú?

–Sí. Me enteré de que habías estado mala y sospeché que sentías haberte separado de Patrizio. No estaba seguro de que mi plan fuera a salir bien, pero los chicos me siguieron la corriente. Bruno estaba convencido de que funcionaría. Bruno estaba convencido de que Patrizio te seguía queriendo.

–El problema es que Patrizio no me creía –dijo Keira–. Ni siquiera cuando le dije que no recordaba nada de aquella noche.

–Ya, debió de ser por los calmantes que te di –dijo Garth–. Me di cuenta demasiado tarde de que no se podían tomar después de beber alcohol, con el alcohol producen un efecto anestésico. No bebiste casi nada, pero lo suficiente. Te dormiste y tardaste horas en despertarte.

–Y Patrizio me vio en tu cama.

Garth volvió a ruborizarse.

–Lo sé. Debería haberle dicho lo que había pasado, pero quería que creyera que te habías acostado conmigo. Quería que todo el mundo lo pensara con el fin de que nadie se fijara en mi relación con Mark.

Keira se estremeció.

–¿Cómo has podido hacerme esto, Garth? ¿Cómo has podido quedarte sin hacer nada mientras veías que mi vida se derrumbaba?

–Lo sé, me he portado muy mal. Sé que te he hecho mucho daño... solo espero que no sea demasiado tarde.

Los ojos de Keira se llenaron de lágrimas.

–Es demasiado tarde, Garth.

–No, no lo es –dijo Patrizio abriendo la puerta de la habitación.

Keira se quedó inmóvil mientras Garth se apartaba de la cama como si tuviera miedo de que Patrizio fuera a despedazarle.

–Por favor, vete –le dijo Patrizio a Garth en tono seco–. Marietta te acompañará a la puerta.

–Lo siento –dijo Garth angustiado–. Lo siento de verdad. Al igual que Keira, yo creía que le habías sido infiel. Pensaba que le estaba haciendo un favor.

Patrizio tensó la mandíbula.

–En este momento, no me interesan tus disculpas. Lo único que me interesa es pedirle disculpas a mi esposa. Por favor, vete antes de que te rompa la cara. Nunca en la vida he estado tan furioso como en este momento.

–Por aquí, señor Merrick –dijo Marietta, y se llevó a Garth de la habitación cerrando la puerta tras de sí discretamente.

Patrizio se sentó en el borde de la cama y, con la punta de la sábana, comenzó a secarle las lágrimas a Keira.

–Cariño, por favor, no llores. No soporto verte llorar.

–No puedo... no puedo evitarlo –dijo ella mirándole a los ojos–. Patrizio, ¿por qué nos hemos hecho tanto daño el uno al otro?

Los ojos de Patrizio se humedecieron.

–Hemos estado a punto de perdernos el uno al otro, mi vida. Hemos permitido que otras personas destrozaran lo que sentíamos el uno por el otro. No puedo creer que te haya acusado de no confiar en mí cuando yo he hecho lo mismo contigo. Debería haber dudado de la palabra de Merrick; sin embargo, te abandoné... a pesar de que eras inocente de lo que se te acusaba. No puedo perdonar a Merrick, pero tampoco puedo perdonarme a mí mismo.

–Tenemos que perdonarnos el uno al otro –dijo Keira.

–Sí, lo que importa es que estamos juntos otra vez. Y tan pronto como te recuperes, nos iremos de viaje de luna de miel por segunda vez. Voy a tratarte como a una princesa durante el resto de nuestras vidas –declaró Patrizio con vehemencia.

–Oh, Patrizio, casi no puedo creerlo –dijo Keira sonriendo por fin–. Incluso mis padres se han portado maravillosamente. Quieren invitarnos a una parrillada cuando me encuentre mejor. ¡Una parrillada en vez de una de sus interminables y aburridas cenas formales! ¿Puedes creerlo? Mi padre incluso ha llegado a decirme que me quiere.

Patrizio también le sonrió.

–Me alegro de que, por fin, tu padre se haya dado cuenta de la hija tan maravillosa que tiene. Y espero que pronto tengamos una niña de pelo negro ondulado y ojos azul violeta.

La sonrisa le iluminó el rostro a Keira.

–Así que tú también crees que va a ser una niña, ¿eh? –preguntó ella.

Patrizio la besó en los labios.

–Estoy seguro, tesoro.

Y justo cinco meses después, hizo su aparición en el mundo Alessandra Patrice Marietta Trelini.